仕組まれた再会

文月 蓮

REN FUMIZUKI

ノーチェ文庫

登場人物紹介
フィリップ・
カリエ・ブランシュ
ベルナールの隣国、
ブランシュ王国の王子。
留学中にリュシエンヌに
一目惚れするが、
自分の身分を明かせずにいた。
リュシエンヌ・アルヌー
大学在学中にフィリップと
恋に落ち、彼の子を身ごもる。
事情があり、両親に支えられながら
ディオンを育てている。
父・オーギュストの秘書官をしている。

ディオン
リュシエンヌの
息子。5歳。
利発で親思い。
パトリック
フィリップの忠実な従者。
幼いころからフィリップに
心酔している。
ブリジット
フィリップの姉。
王族としての
毅然とした雰囲気と、
まっすぐな心を持つ。
シュザンヌ
パトリックの従姉妹で、
フィリップの婚約者。
レオニー
リュシエンヌの母。
控えめな性格だが、
芯が強く包容力がある。
オーギュスト
リュシエンヌの父で、
ベルナール国の政務官。
厳格だが、家族思いの
優しい人格。

目次

仕組まれた再会

一　再会

「リュシー？」

「えっ？」

ホテルのロビーで、すれ違いざまに長身の男性に強い力で腕を掴まれ、呼び止められたリュシーは、男性の顔を見上げてしばし茫然とする。

「フィル……」

それは、六年前に別れた恋人の姿だった。

男らしい粗削りな容貌も強い意志が表れる緑の瞳も、ダークブラウンの髪も、記憶にある姿とほとんど変わりはない。仕立てのいいラウンジスーツを着こなした姿は、男らしさに満ち溢れていた。

ふと、フィルから体臭と香水の入りまじった、彼独特の香りが漂ってくることに気づく。

（相変わらずね……。でも、どうしてここに彼が？）

一旦はひきずられそうになった気持ちを、リュシーは秘書の仮面の下に無理矢理押し込めた。

冷静になってみると、自分の抱いた疑問が愚問であったことに彼女は気づく。

（……どうして、なんて馬鹿ね、私。ここはブランシュ王国だもの！）

リュシーは戸惑いを覆い隠すと、きっぱりとした拒絶を込めた目で彼を見つめる。フィルはリュシーのその凛としたまなざしに、掴んでいた手を放した。

リュシーは改めて距離をとり、貴人に対する礼を執った。

「お久しぶりでございます。フィリップ殿下」

「君に殿下、と呼ばれるとは……驚きだな」

フィルは一瞬驚き、リュシーの他人行儀な挨拶に顔をしかめたが、すぐに貴公子然とした微笑みを浮かべる。彼は、まるで六年間の別離がなかったかのように優しい口調で話しかけてくる。

「……久しぶりに会ったんだから、一緒に食事でもどうかな？」

リュシーは戸惑いを隠せずに、目を瞬かせた。

「お誘いは非常に嬉しいのですが、仕事が忙しいので……」

「リュシーはここに泊まっているのか？」

断りの返事を口にしかけたリュシーをフィルは遮る。

「……はい」

「もしかして、経済会議の参加者かな？」

折しも近隣の国々の代表が集まって、ブランシュ王国の首都である、ここブランシャールで経済会議が開催されている。

「ええ、政務官の秘書として同行しております」

「ちなみに、あなたの上司はどなたかな？」

「オーギュスト・アルヌー政務官です」

渋々といった体でリュシーが父の名前を口にする。

「そう。私もこのホテルに泊まっているから、滞在中にぜひ一緒に食事をしよう」

「ありがとうございます。予定が合いましたら……」

礼を述べつつ言葉をにごし、リュシーは逃げるようにロビーを立ち去った。

（どうしてこんなタイミングで、彼に再会してしまったのだろう）

この国に足を踏み入れるときに覚悟はしていたはずなのに、リュシーは動揺を抑えられなかった。

震える手を強く握りしめ、ホテルの前で待機していた馬車に向かって合図する。

「ブランシャール国際会議場までお願い」

扉のすぐ横に立つ御者に行先を告げると、その手を借りて座席に乗り込む。リュシーはため息をついて深くシートに沈み込んだ。

やがて馬車がゆっくりと動き出し、舗装された石畳の道を走り始める。

路面のおうとつにぶつかるたびに車輪がガラガラと大きな音を立てているが、物思いに耽るリュシーには気にならなかった。

次々とフィルとの記憶が思い出され、リュシーは溢れそうになる涙を必死に堪えた。

リュシーがフィルと出会ったのは、ベルナール共和国でも随一のレベルを誇る大学の構内だった。

フィルがブランシュ王国の王族として見聞を広げるため留学中の身とも知らず、ふたりは出会い、――そして恋に落ちた。

二　出会い

優美なアーチを描く、鉄製の柵が大学の敷地を囲っている。

シンメトリーに配置された植栽の中央では、噴水が勢いよく水を吐き出しており、周辺は学生たちの憩い(いこ)の場だ。その奥には、三階建てのクリーム色の外壁を持つ校舎が立ち並ぶ。大きなガラス窓がいくつもはめられており、豪奢(ごうしゃ)なたたずまいを見せていた。

その大学の一角、大講義室の並ぶ廊下でリュシーは足を止めた。

「これは君の忘れ物じゃないかな?」

人好きのする爽(さわ)やかな笑みを浮かべて、ひとりの青年が羽ペンの入ったケースをリュシーに差し出したのだ。

リュシーはうしろを振り返って、声の主の容貌(ようぼう)に目を瞠(みは)った。

(なんて男らしい、綺麗なひとなのだろう)

引き締まった身体つきに、彫像(ちょうぞう)のように整った容貌を持つ彼は、まるで物語に出てくる王子様を思わせる優雅な物腰でリュシーの忘れ物を差し出している。

その仕草にリュシーはぼうっと見とれてしまっていた。

「違った？」

「あっ、ありがとうございました」

彼の声に我に返ったリュシーは、ずり落ちそうになった眼鏡の端を押しあげてもとに戻すと、あわてて彼からケースを受け取る。

ほんのすこしだけ触れた手のひらが、熱を持ったように感じられた。

廊下を通り過ぎる他の学生の目が彼に引き寄せられているのがわかる。リュシーは注目されるのが嫌で、一刻も早く彼が立ち去ってくれるのを待っていた。

しかしそんなリュシーの思いを裏切るように、彼はにこやかに話し続ける。

「私はフィル・カリエ。こちらへ来たばかりの留学生なんだ。できれば、大学の中を案内してもらえないかな」

柔らかな微笑みを浮かべつつも、彼の目は真剣そのもので、有無を言わせない支配者の持つ雰囲気を漂わせている。リュシーに無言の圧力がかかる。

（どうして彼は私なんかに案内を頼むのだろう？）

「ええっと、あなたのように素敵なひとなら、他のひとが喜んで案内してくれると思うのですが……」

「でも、私は君に案内してほしいんだ」

リュシーは自分の外見の地味さを自覚していた。

やぼったい黒縁の眼鏡(めがね)に、シニョンにまとめただけの淡い金色の髪。加えてシンプルな白のブラウスに、くるぶしまで丈のあるプリーツの入ったスカートという、質素な服装をしている。そんな自分を魅力的だと思うひとは少ないだろう。彼が自分に案内を頼んでくる理由がわからない。

リュシーは当惑しつつも、生来の親切心から彼の願いに頷(うなず)いた。

「私はリュシエンヌ・アルヌーと言います。政治経済学部の二回生です」

「リュシエンヌ……ね。とりあえずお昼を一緒に食べよう。食堂に案内してくれるかい？」

そう言って爽(さわ)やかな笑みを浮かべるフィルに、いつの間にかリュシーの戸惑いはどこかへ消えていた。

リュシーは食堂へと続く、植物をモチーフとした鋳鉄(ちゅうてつ)のドアノブの前に立った。すかさずフィルが先にドアを開け、リュシーを先に通す。リュシーがフィルを連れて食堂に入ると、一気に視線が集中するのを感じた。注目されることに慣れていないリュシーは、居心地の悪い思いをしながらも、フィルに食堂の利用方法を説明する。

「好きな料理を取って、あそこで会計をするの。空いている場所はどこでも座っていいから。あと、食べ終えた食器はそこの返却口に自分で返してね」

緊張のため早口になりながら、リュシーは説明を終える。手本を見せようと、先にトレイを持って料理を取るための列に並んだ。

フィルは興味深そうにあたりを見回しつつリュシーにならった。

会計を済ませると、リュシーは窓際の席を選んで座る。ここからは構内にあるグラウンドがよく見渡せる。グラウンドを取り囲むように植えられた落葉樹が秋の寒さに見事に色づき、美しい景色を一望することができるのだ。リュシーのお気に入りの場所だった。

トレイを手にしたフィルが向かいに腰を下ろすと、リュシーは食事に口をつけ始める。今日も午後から夕方までびっしりと講義が詰まっている。英気を養うべく、リュシーは具だくさんのサンドイッチにかぶりつく。フィルから向けられる意味ありげな視線に気づくことなく、ただ黙々と食事に集中していた。

フィルの中ではリュシーのことをもっと知りたいという欲求が膨れ上がっていた。

明らかに上流階級とわかる雰囲気を持つ自分に対して、なんら頓着することなく話しかけてくるリュシーが新鮮に感じられる。そして、自分が意味ありげな眼差しで彼女を見つめていても、リュシーは気づいてすらいない。そんなことよりも目の前の食事に夢中なのだ。

（彼女はいままで自分の周りにいたどんな女性とも違っていて、面白い）

自然とリュシーを見つめるフィルの視線は、とろけるような、愛しいものを見る眼差しになっていた。

「ねえ、リュシエンヌ。君には誰か決まったひとはいるの？」

「んぐっ。ちょ、……いきなり何を言うの？」

突然話しかけられ、むせてしまったリュシーは、オレンジジュースで口の中の物を流し込んで、ようやく落ち着いたらしい。涙目になりながらもフィルを睨んだ。

「何って、君のことが気に入ったから付き合ってみたいなあと」

「冗談でしょ。いまそんな余裕もないし、お付き合いとかそういうことは考えられません」

「じゃあ、とりあえずは友人でもいいよ。付き合ってくれる気になるまで待つから」

自分の誘いをつれなく断る女性など滅多にいるものではない。フィルは自然と浮かんだ笑みを深くした。

「本当に冗談はやめて！」

「冗談だと思う？」

「ええ、そうあってほしいものね。それにあなたみたいなひとなら、もっと美しくて、素敵なひとを選べるでしょう？」

「私みたいなひとって？」

フィルは面白がって尋ねると、リュシーは憮然とした顔で答える。

「ハンサムだし、背は高いし、スタイルもいい。着ている服は上質でセンスもいい。女性には不自由していないはずよ」

少なくとも彼女が自分のことを好ましく思ってくれていることに、フィルの胸には喜びが込み上げる。

「それは私の内面とはなんの関係もないな」

「でも、内面は外見に表れるものよ」

リュシーの言葉にフィルは噴き出した。

「ははっ、そんな言葉を聞いたのは初めてだ！」

（私に対して、初対面でずけずけとこんなセリフを吐く女性がいるとは！）

フィルは可笑しさのあまり引きつりそうになる腹を押さえた。

そんなフィルを横目に、リュシーは時計を確かめ席を立った。

「ねえ、どこへ行くの？」

笑いのあまり、涙の滲んだ瞳を拭いながらフィルはリュシーを追って立ち上がる。

「次の講義が始まるの。失礼するわ」

自分の誘いよりも講義のほうが大事だというリュシーに、フィルの興味はますます深まった。

「わかったよ、リュシエンヌ。じゃあ、講義の終わる時間にここで待ち合わせしよう。君ともうすこし話したいんだ」

きっと彼女は嫌がるだろうと思いつつも、フィルは約束を取り付けずにはいられなかった。

思ったとおり、リュシーは不承不承(ふしょうぶしょう)という様子で頷(うなず)いている。

「……夕方の六時ぐらいになると思うわ」

「わかったよ」

フィルの声を背に、リュシーは講義室へと立ち去ってしまった。

リュシーがフィルとの待ち合わせ場所に着いたとき、待ち合わせの時間を随分と過ぎていた。

(かなり遅くなってしまったし、彼はもう待っていないかもしれない)

講義でわからなかった部分を講師に質問していて、待ち合わせのことをすっかり忘れていたリュシー。彼女は望み薄だと思いつつ、念のため食堂を訪れた。

ステンドグラスを通して差し込む夕日。オレンジ色に染まるテーブルの端で、フィルは椅子に腰かけたまま眠っているようだった。

「フィル、寝てるの？」

「ん……ああ、ごめん。眠ってしまったみたいだ」

開かれた緑色の双眸は、ぼうっとして焦点が定まっていない。リュシーの視線はその美しい瞳に吸い寄せられる。けれど彼が瞬きをすると、その無防備な表情はすぐに覆い隠されてしまった。

「こちらこそごめんなさい。先生と話をしてたら、遅くなってしまって」

「いや、気にしないで。もともと私が強引に頼んだことだしね」

そう言って立ち上がる仕草は、上品で美しい。

(このひとが住む世界は、私とは違うのかもしれない……)

なぜだかそんなことを思ったリュシーの胸が、ズキンと痛んだ気がした。

「それで、なんについて話せばいいのかしら？」

リュシーの質問に、フィルは微笑んだ。

「友人としてでいいから私と付き合ってほしい」

「んーと……」

戸惑うリュシーにフィルは畳みかけてくる。

「恋人にはなってくれないんだろう？」

「それは昼間も断ったでしょう？」

「ああ、わかっている。だから長期戦で行くことにした。リュシエンヌみたいな女性は私の周りにはいなかったから、とても楽しそうだ」

「それって、私が変わっているって言いたいの？」

褒めているようには聞こえないセリフに、リュシーはジロリとフィルを睨むふりをする。

「そうだね。変わっているよ。すごくいい意味で」

「もう、仕方ないわね。でも、あくまで友人としての範囲でよ？」

「ああ、ありがとう」

本当に嬉しそうに笑うフィルに、不覚にもリュシーは見とれてしまう。

（どうせ、私みたいに地味で、大した取り柄のない女は彼の周りにいなかったから、愛玩動物か珍獣のように思っているんだわ。いちいち彼の言葉を真に受けて、ドキドキしちゃだめ……）

翌日から、リュシーはフィルと行動を共にすることが増えた。

講義の待ち時間に図書館で予習をしていると、どこからともなくフィルが現れ、向かいに腰を下ろしている。ふと見上げると真摯な眼差しに出会い、リュシーはどきりと鼓動を高鳴らせた。かと思うと、フィルはいままで見つめていた視線が嘘のように、にこりと笑って見せたりする。

フィルと共に過ごすうちに、リュシーはいつの間にか彼の姿を探し始めている自分に気づいた。

確かに彼は人目を引きつける力を持っている。

フィルの容姿に引かれて近寄る女性はあとを絶たない。けれど、フィルはリュシーが好きだと公言してはばからなかった。それに対し、リュシーは迷惑そうにフィルの言葉を受け流すばかり。そんなふたりの様子に、次第にフィルに近付く女性は少なくなっていった。

すぐに付き合ってほしいと言い出すことを除けば、フィルは友人として、付き合いやすい男性だった。しかも、同じ政治分野に興味があることもあって、ふたりで意見を戦わせることはとてもためになった。リュシーよりもひとつ年上のフィルは、やはりその分長じており、リュシーの足りない部分を指摘し、導いてくれることも多い。

リュシーはいつの間にかリュシエンヌではなくリュシーという愛称で自分を呼ばせるほどに、フィルに気を許していた。

毎日のように好きだと囁かれると、その気がなくても勘違いしてしまいそうになるのがたまに傷だった。

（彼にすぐになびかない女が珍しいだけ。だから……絶対に勘違いしちゃだめよ）

リュシーはフィルにときめいてしまう自分を必死に制した。

フィルが付き合ってほしいと口にするたび、リュシーは決まって断りの言葉を口にする。それでもフィルは気を悪くすることなく笑って引き下がるので、やはり冗談に違いないと安堵とも失望ともつかぬ気持ちにさせられた。

§

ふたりが出会ってから数か月が過ぎ、季節は冬へと移り変わり始めていた。

冷え性気味のリュシーは、冷たくなった手をケープの下に隠しつつ、ガラスと鉄で作られた時計塔の下でフィルを待っていた。

コルセットとバッスルで作られた美しい曲線を描くドレスを纏ったリュシーは、周囲の男性から向けられる好意的な視線に気づいていない。金のメダイヨンを掛けた胸元では、まろやかな膨らみがその存在を主張していた。

レースで作られた花飾りのついた帽子をかぶり、リュシーは時計を見上げる。待ち合わせの時間からはすこし過ぎていた。

「リュシー、ごめん」

リュシーの姿を見つけ、駆け寄るフィルの髪の毛は、走ってきたのかわずかに乱れている。

「急にこいつが一緒に来るというから、ちょっと手間取って……」

リュシーはようやくフィルのうしろにいる男性の姿に気がついた。フィルよりもすこし背の低い、がっしりとした体格のいい男性が顔をのぞかせる。

灰色でまとめられたカシミアのラウンジスーツを身につけた男は、フィルと同じ上流階級に属しているであろう雰囲気を漂わせている。

「君がフィルの愛しの君なんだね」

琥珀色の瞳にブラウンの髪を持つ青年は、フィルよりもすこし年かさに見えた。

「パトリック・セドランです。どうぞよろしく」

男らしい分厚い大きな手を差し出され、リュシーはあわてて手を出して握手に応えた。

「フィルの愛しの君は私ではありませんが、まあ、よろしくお願いします」

「ひどいな、リュシー。いい加減認めてくれてもいいのに」

大げさに打ちひしがれた風を装い、芝居がかった口調で嘆くフィルに、リュシーはふざけて言葉を返す。

「いつもそんな暇はないと言っているでしょう？」

「でも、今日は一緒に買い物に付き合ってくれって言うから、てっきりその気になってくれたのかと」

「説明したでしょう？　聖ピエール生誕祭の家族のプレゼントを選ぶのを手伝ってほしいと伝えたはずよ」

ふたりの軽妙な掛け合いに、パトリックは堪えきれずにくすくすと笑いを漏らした。

「噂どおり、フィルがこれだけ口説いてもまったく脈なしなんだな」

「ああ、残念ながら私の魅力が彼女にはわかってもらえないようだ」

大げさに嘆きつつ軽口をたたくフィルを、パトリックは嬉しそうに眺めていた。

「リュシエンヌさん、できればこれからもフィルの良き友人でいてやってくださいね」

「私のことはリュシーと。フィルとはとっくに友人のつもりでした。パトリックさん」

「僕のこともリックでかまいませんよ。こいつが女性に振られるところを見るのは、実に痛快です」

「あら、そんなに珍しいの？」

「ええ、それはもう」

　リックは嬉しそうに瞳をくるりと回し、おどけた表情を見せる。

　リュシーはリックにつられて顔が自然とほころび、ふんわりと笑みを浮かべた。フィルはその自然な笑みに見とれていた。

（ああ、可愛い。リュシーは控えめな装いをしていても、こんなに周囲の目を集めている。着飾ればさぞ美しくなることだろう。こうして無邪気に笑っていると本当に可愛い。だが、この笑顔を引き出したのがパトリックだというのが気に入らない）

　ふたりの仲の良い様子に苛立ちが募り、フィルは気づけば大きな声を上げていた。

「ああ、もう！　ふたりとも早く行こう」

　フィルがリュシーの腕を掴み、最近できたボン・マルシェというデパートへ向かって歩み始める。取り残されそうになったリックがあわててふたりのあとを追う。

「ちょっと、待ってー！」

リックの様子を尻目に、フィルは強引にリュシーの腕を掴んで先に進んで行く。

「それで、私は何を手伝えばいいのかな？」

「母と妹へのプレゼントは決まっているの。でも、父へのプレゼントに何を選んだらいいのか思いつかなくて……。いつもはタイやハンカチーフを贈っているのだけれど、あまり同じものばかり贈るのも芸がないし。フィルならいいアイデアを出してくれそうだと思って」

そう言ってフィルの顔を見上げるリュシーの様子に、フィルは愛しさが込み上げてくる。

（やはり、彼女がほしい。けれど、彼女にはまだ私を受け入れる準備ができていない。それに……、まだ伝えていないこともある。いま、不用意に想いを告げても、彼女の負担になるだけだ）

フィルはリュシーへの想いを胸の奥に押し込めた。

「さて、どこから行こうか」

「まずは香水を売っているお店を探してちょうだい。母と妹の分を先に買ってしまうから」

「了解」

店を探しだしたあと、リュシーひとりのほうがゆっくりとプレゼントを選べるだろうと、遠慮することにする。フィルはリックと共に店の前のベンチに腰を下ろし、リュシーのうしろ姿を見送った。

リュシーはふたりをそう待たせることなく、プレゼントが入った袋を手に店を出てきた。

「お待たせしました」

「ぜんぜん待ってない。姉の買い物に比べたらすごく早い」

「そうそう。フィルの姉さんに比べたら、早い、早い～」

互いに顔を見合わせ頷くふたりに、リュシーは噴き出してしまう。

「へえ、フィルにはお姉さんがいるのね。それにリックとも仲がいいんだ」

「腐れ縁ですよ」

リックは何を思い出したのか、顔をしかめている。フィルはリックの考えていることに心当たりがあった。

「あのひとの買い物はとにかく長いんだ。すぐにひとの服を見立てたがるし、あれこれと連れまわされてばかりだったな……」

「確かに」

リックもフィルの言葉に同意して頷く。

「そういうわけで、リュシーは心おきなく買い物を続けてくれ」

フィルは脱線しかけた話をもとに戻した。にこにこと屈託のない笑みを浮かべたリックが問いかける。

「さあ、次はお父さんのプレゼントだよね？」

「ええ。どこへ行ったらいいと思う？」

リュシーが頷くと、フィルがにこにこと提案を口にする。

「それなら、カフスボタンはどうかな？」

「そうね、いいかもしれない。いままであげたこともないし……じゃあカフスボタンにしようかな」

「じゃあ、宝飾店へ行こ～」

リックに促され、三人は宝飾店へと足を向けた。

リュシーとフィルが仲良く相談しつつプレゼントを選んでいる様子を、リックがすこし下がった場所からじっと見守っていた。

結局はリックも加わり、ふたりからのアドバイスを受けながら、リュシーは無事父親へのプレゼントを選んだ。七宝の装飾が施されたカフスボタンを購入し、満足げな笑みを浮かべる。

「本当にありがとう。フィル、リック、とても助かりました」

「どういたしまして」

「お役にたてて良かった」

時刻はちょうど夕方に差し掛かろうとしていた。

「僕は用事があるからこの辺で失礼するよ。今日は楽しかった。ありがとね、リュシー」

先を歩いていたリックが振り返って暇を告げる。

「買い物に付き合ってもらったお礼に、夕食を一緒にどうかと思っていたのだけれど……」

「僕はいいよ。フィルにくっついて来ただけだし、ふたりでディナーを楽しんで来て」

そう言うと、リックは手のひらを振って立ち去ってしまう。

残されたリュシーが残念そうな顔をしているのとは対照的に、フィルは満面の笑みを浮かべている。

「じゃあ、行こうか？」

差し出されたフィルの手にリュシーは自分の小さな手を重ねる。

温かく大きな手に包まれ、リュシーはかすかに頬を染めた。男性と手をつなぐのはいつ以来だろうか。気恥ずかしさに駆け足になりそうな自分を必死になだめる。

リュシーは歩いてすぐの場所にある、美味しいと評判のビストロにフィルを案内した。

適当に料理を頼むと、いつの間にかフィルが酒を注文している。

「ちょっと、フィル？」

「君との初めてのディナーなんだから記念にと思ったのだが、だめだったか？」

「ううん、そんなことないけど……」

リュシーの鼓動は跳ね上がる。頬に熱が集まるのがわかり、あわててフィルから顔を背けた。

（どうして急にこんな気持ちになるの？　彼とは別にそんな関係でもないでしょう？）

そう自分に言い聞かせてみるが、リュシーの早鐘を打つ心臓はなかなか収まらない。

「そういえば、そろそろ私と付き合ってみる気になった？」

リュシーは驚きのあまり口に入れようとしていた前菜を落としてしまう。いつもは簡単にあしらえるはずの問いかけに、なんと答えていいのかわからない。

「あれ？　断らないの？」

口ごもるリュシーの様子にフィルは笑みを浮かべた。

「答えはいつもと一緒よ。無理だわ……」

なんとか平静を装ってリュシーが答えると、フィルが悲しげな表情で見つめてくる。

「そう……」

気まずくなりかけたところで、ウェイターがグラスを持って現れた。

「せっかく頼んだから、飲もう？」

リュシーはフィルからすすめられるままに、フルートグラスに注がれたスパークリングワインを軽く掲げて口をつけた。

しゅわしゅわと心地よい刺激が喉を滑り落ちて行く。途端にかあっと胃のあたりが熱くなって、リュシーは慣れない酒に意識がふわりと浮き上がるのを感じた。

「どう、美味しい？　飲みやすいものを選んでみたつもりだが」

「うん、飲みやすい……」

そう告げるリュシーの頬はわずかに上気していた。

注文した料理が次々と運ばれてくるたびに、ふたりは夢中になって皿を空にしていく。リュシーのグラスからワインが減ると、いつの間にかフィルが注ぎ足していた。しかしそれに気づくことなく、リュシーはグラスを重ね続ける。

夕食を食べ終える頃には、すっかりリュシーは酔っぱらいと化しており、ふらふらする身体をフィルに支えられながらようやく店をあとにすることができた。

同じくらい飲んでいたはずのフィルは、ほとんど顔色を変えることもなく、酔った様子もない。

「リュシー、すまない。飲ませ過ぎたね」

「ううん、大丈夫よ。ちょっとふらふらするだけだから」

「リュシーの家はどこ？」

「大学の……寮……」

眠気が襲ってきたのか、リュシーの答えは途切れがちになる。

「リュシー、眠ってはだめだ」

リュシーはなんとか意識を保とうとするが、急激に襲ってきた眠気に逆らうことができず、あわてたフィルの顔を見たのが最後の記憶だった。

三　恋の始まり

ふと気づくとリュシーはフィルの腕の中で、抵抗することもできずキスを受け入れていた。

（どうして？）

重ねられた熱い唇よりさらに熱いフィルの舌がリュシーの口内へと入り込む。誘うように絡められた舌の心地よさに、リュシーは知らず知らずのうちに応(こた)えていた。

（キスってこんなに気持ちのいいものだったの？）

慣れないキスにリュシーの息が上がる。

「口で息するのが苦しかったら、鼻で息してごらん？」

「……ん」

与えられる熱のせいで、思考はなかなかまとまらない。

リュシーはどうしてこのような事態に陥(おちい)っているのか、思い出すことができずにいた。

気づいたときには眼鏡(めがね)も外され、ぼんやりした視界にはフィルの顔だけがはっきりと映し出されている。

（お酒を飲み過ぎたことは覚えている。そのあとは……？）

ふと我に返れば、リュシーはベッドの上でフィルに組み敷かれていた。

リュシーが必死に記憶をたどっている間も、フィルの愛撫の手は止まらない。

「っは、あ……、ん」

深く差し入れられた舌がゆっくりと歯列をなぞる。

「あっ、やぁ」

酔いのまわった身体は思うように動かせず、リュシーはただ感じるままに声を上げる。

「リュシー、可愛い」

「はぁっ……、あ」

ようやくフィルがリュシーの唇を解放すると、彼女は大きく息をついて呼吸を整える。

リュシーは組み敷かれたまま、見慣れない天井を見て浮かんだ疑問を口に上らせた。

「ここ……は？」

「リュシーが眠ってしまって、寮の部屋がわからなかったから、ホテルに部屋を取った」

「どうして？」

「キスをしているのか……って顔をしているね。あんなに可愛い寝顔を見せられたら我慢なんかできないよ。私はリュシーが好きだ。付き合ってほしい」

耳元で響く甘い囁(ささや)きに、リュシーの頭はぼうっとしてしまう。

「と、とりあえず、離れて！」

リュシーの懇願(こんがん)にフィルは渋々といった体(てい)で身体を起こし、ベッドに腰を下ろす。リュシーも身体を起こすと、だんだんと胸の鼓動が落ち着いてくる。焼けつくような欲望もあらわなフィルの目に射すくめられたリュシーは、ようやく彼の本気を悟った。

(いままで、私は彼の言葉を信じるのが怖くて、自分の気持ちに蓋(ふた)をしてきた。……だって私みたいな冴(さ)えない女を、彼みたいな男性が本気で好きになるとは思えない。でもフィルの本気の目を見てしまったら、もう、自分をごまかし続けるのは無理。私はフィルの気持ちに対して真摯(しんし)に向き合わないといけないんだ)

リュシーはフィルの目をはっきりと見て答える。

「私は……、フィルが好き……みたい」

リュシーは自分の口をついて出た言葉に、自分でも驚いていた。だが口にしてみると、その気持ちは本当だと強く実感した。

(フィルの好きだと言ってくれる言葉を信じたい。私はいつの間にか彼のことがこんなに好きになっていたんだ。自分でもどうしようもないくらい、フィルが好き……)

本当は恋愛にうつつを抜かしている暇などないはずなのに、膨れ上がる気持ちを抑えられない。信じられないとでも言いたげな様子で固まっているフィルに、リュシーは顔を近づけると自分から唇を重ねた。ただ唇を重ねるだけの拙いキスをして、口を離してフィルの顔を見上げる。

(好きだって言ってくれたけど、本当だよね？　こんな私でも失望されない？)

リュシーはフィルの答えを恐る恐る待った。

「リュシー、本当に？」

「ええ」

リュシーがおずおずと頷くと、フィルは嬉しそうに満面の笑みを浮かべてリュシーを抱きしめる。

「リュシー、私の恋人になってくれるのか？」

「ええ。私でよければ」

「ああ、夢みたいだ。君がいい。君じゃないとだめなんだ！」

フィルは抱きしめた腕を離すと、リュシーのおとがいを掴み、キスを落とす。今度はリュシーもゆっくりとフィルのキスに応える。

リュシーはフィルと手を重ねた。触れ合った肌のぬくもりに、もっと彼のことを知りたくなる。

「リュシー……、君を抱きたい」

「……え……と、私は、初めてなの……その、そういう関係になった男性がいなくて」

経験のないリュシーにはどうしてもそういった行為にためらいがある。けれどフィルの気持ちもわからないではないし、自分でも彼に触れたいと願ってしまう。

リュシーは恥ずかしさに顔を真っ赤に染めながらうつむいた。

「すまない、まさか君に受け入れてもらえるとは思っていなかったから……もうやめてあげられない」

「フィル、待っ……」

リュシーのささやかな抵抗はフィルの唇に呑み込まれた。経験のないリュシーは時折フィルから与えられる深い口づけにぼうっとしてしまう。その隙に、フィルは手際よくリュシーの服をはだけさせていく。

「フィル……、だめ……」

「どうして？　こんなに綺麗なのに」

あっさりと下着まではぎ取られ、リュシーは羞恥に肌を染めた。

その様子にフィルは彼女の女性としての初めての体験が、自分のものになることに征服欲を掻き立てられる。痛みはあるだろうが、自分の存在を彼女に刻み付けることができると思うと堪らない。

フィルはリュシーの指先から足先まで、触れていない場所がないほど丹念に愛撫を施していく。

リュシーはフィルから与えられる快感を、身体を震わせて享受するしかなかった。

「……ん、はぁ」

「ここが弱いのか？」

リュシーの鎖骨のあたりにちりりとした小さな痛みが走る。フィルが吸い付いた痕が赤く色づき、所有の証を身体に残していく。

抗おうともがくたびに、なだめるようなキスが与えられる。探るような舌の動きに、リュシーはただただ翻弄された。そうしてフィルの手が秘所へと伸びてきたときも、触れられて初めて気づく。

髪の毛と同じ淡いプラチナブロンドの叢はわずかに蜜をたたえ始めていた。

「……っひ、ああ」

びりびりと身体を走り抜ける初めての感触に、リュシーは戸惑うばかりで息をすることもままならない。

「あ、っやぁ」

「嫌ではないはずだ。気持ちがいいのだろう？」

耳元で囁かれる声に、リュシーはそれが快感であることを知らされた。

（うそ、やぁ。これ、おかしくなりそう）

巧みなフィルの手はリュシーの身体をとろかせていく。叫び過ぎた喉は掠れた声を紡ぎ出すことしかできず、水色の瞳からは涙が溢れ、視線は宙をさまよった。

ようやくリュシーの準備が調ったことを見てとったフィルは、自身の服を脱ぎ捨て肌を重ねる。肌理の細かい彼女の肌は、いつまでも触れていたいと思わせるほど心地よい。細くくびれた腰を抱え上げると、彼は切っ先を彼女の蜜口へとあてがった。

「リュシー、入るよ」

「ぁ、あああ」

かすかな抵抗を感じながらも、フィルは一気にリュシーの内へと押し入る。

朦朧としていたリュシーの目は大きく見開かれ、初めての痛みと衝撃にぽろぽろと涙をこぼしている。

たとえようもない征服感と、彼女に痛みを与える罪悪感を抱えながら、フィルは口づけを繰り返し彼女が自分の形に慣れるのをただ待っていた。

「フィル、……痛いの？」

自身のほうが痛みを感じているであろうリュシーが、苦しそうにしているフィルの顔を見上げていた。

「いや。気持ちよすぎてすぐに動きたくなってしまう。いまのリュシーにはきついだろう？」

苦しそうに眉根を寄せているフィルの表情を勘違いしたリュシーが、必死に痛みを堪えて自分を心配してくれたのかと思うと、いっそう愛しさが募る。

顔を真っ赤に染めたリュシーがわずかに頷く仕草に、フィルの理性は限界に達していた。

「すまない、もうっ、我慢できない」

フィルは宣言と共に抱え上げたリュシーの腰を掴み、ぎりぎりまで引き抜いた己の楔を再び打ち込んだ。

「あぁっ……！」

強い衝撃にリュシーの目からは止めどなく涙がこぼれ落ちる。

出会ったときから我慢を重ねてきたフィルの理性は、とうに焼き切れてしまっていた。

フィルは彼女を気遣うこともできずに攻め立てる。

「リュシー、ああっ、リュシー」

せき止められていた欲望は止まるところを知らず、本能のままにフィルは彼女を貪る。彼女に優しくしたいのに、ずっと抑えつけられていた欲望がそれを許さない。フィルは身体の奥深くまで彼女を感じたくて、いっそう強く腰を突き上げた。

「ぁああっ！」

リュシーは喉をのけぞらせ、その衝撃に声を上げた。彼女の透きとおるような白い肢体が興奮に紅く染まり、シーツの上をのたうつ様はたとえようもなくフィルを興奮させた。閉じ込めて誰にも見せたくないような愛おしい気持ちと、何もかもを忘れるほど攻め立て、彼女を壊してしまいたいという凶暴な気持ちがフィルの中で吹き荒れる。

「リュシー……」

「っあ、あ、フィ……ルっ」

リュシーの口から漏れる声に、苦痛だけではなく甘さがまじり始めたことにフィルは気づいた。彼女に自分が感じている気持ちよさをすこしでも味わってほしくて、フィルは探るように剛直を突き入れる。

「あっ、……はぁ」

微かな声色の変化と、身体の反応から彼女の感じる場所を見つけ、重点的に攻め上げる。敏感に反応するリュシーの身体に、フィルは溺れるようにのめり込んだ。

(もっとだ。もっと彼女がほしい)

フィルはリュシーの指に自らの指を絡めるとシーツの上に縫いとめる。

「あぁん……」

リュシーは耐えられないといった風情で、眉根を寄せ、目を瞑っている。深く繋がっている部分だけでなく、指も絡ませると愛しさがいっそう募る。フィルは込み上げてきた愛しさのままに腰の律動を速め、リュシーを味わった。

「あ、あっ。……ん、ぅうっ、、ん」

「ん、っくう、っはぁ」

飛び散る汗がリュシーの身体に降りかかる。

「フィ……ルぅ……」

彼女の声が甘さを含んで名前を呼んだ瞬間、フィルの欲望は爆ぜた。

長く続く放出感にフィルの身体から力が抜けてゆく。リュシーの身体を押しつぶしてしまわないように彼女の横へ転がると、大きく息をついた。

(しまった……。避妊を忘れていた)

フィルは己の失態に青ざめる。

（これまで避妊をせずに女性を抱くことなど考えられなかった。けれど、リュシーに対してはそんなことを考える余裕もないほど夢中になってしまった。私としては彼女が妊娠してもかまわないし、むしろそれで彼女を手に入れることができるのならば望むところだ。だが、彼女にも都合があるだろう。勉学にうち込むリュシーを己の都合で振り回すことはしたくない。大丈夫だとは思うが、次からは気を付けるしかないな……）

リュシーも初めてのことで避妊については全く頭が回っていない様子だ。フィルはいざというときは責任を取る覚悟ができていた。

「リュシー」

名前を呼ばれた彼女はゆっくりとフィルのほうへ顔を向けた。

「好きだ……」

抱きしめたフィルの腕の中で、リュシーは顔を真っ赤にして恥じらっている。

「本当に可愛い」

「私も……フィルが……好き」

フィルはこれまでにない幸福感に包まれていた。ようやく返してもらえた愛の言葉に、幸せを噛みしめた。

晴れてフィルと恋人同士となったリュシーは、胸を張って恋人と言える初めての存在に、何もかもが新鮮で、くすぐったいような気分を味わっていた。

ほんのわずかな時間でも、フィルに会えるだけで嬉しくなる。

ふとした拍子に触れたり、視線が合ったりするたびに鼓動は跳ね上がり、顔が上気してしまう。フィルに欲望に満ちた目で見られるたびに、リュシーは身体の奥底で熱が溜まっていくような気がした。

二度目の夜にフィルが避妊具を用意してきたのを見て、リュシーはようやく妊娠の危険性に気づかされた。あわてて自分の月経周期を確かめ、多分大丈夫だろうという結論に達したが、それ以来リュシーも避妊には気を付けるようにしていた。

恋人としてのフィルにはなんの不満もなく、リュシーは少々浮かれた気分で休暇を家で過ごすことをフィルに告げた。

「しばらく会えなくなるわ」

聖(サン)ピエール生誕祭にはほとんどの学生が休暇で自宅へと戻る。大学の寮に住んでいるリュシーも自宅へ戻る予定を立てていた。

「ああ、聖ピエールのお休みだね。私も戻らなければならない。来年は一緒に過ごせるといいのだが……」

「そうね」

フィルが来年のことまで考えてくれていることを知り、リュシーの心が温かくなる。

リュシーはフィルとの別れを惜しみつつ、鉄道馬車に乗り自宅に戻った。

§

「ただいま」

「リュシー、おかえりなさい」

「おかえり」

父と母がふたりそろってリュシーを出迎えてくれる。ベルナール共和国の政務官を務める忙しい父も、この時期だけはゆっくりと休暇を取ることにしている。

久しぶりに見る父の元気そうな顔に、リュシーは頬にキスをしてただいまの挨拶(あいさつ)をする。

「リゼットは？」

姿の見えない妹の行方を尋ねる。

「いま出かけているの。夕方には帰ってくると思うわ」

「そう……」

リュシーは二つ年下の妹のことが苦手だった。

決して嫌いではないのだが、彼女のはつらつとした美しさ、周囲から甘えることを許される明るくおおらかな性格を、どうしてもうらやましく思ってしまうのだ。

容貌（ようぼう）の整った両親のもとに生まれながら、自分が妹ほど美しくないことも劣等感を抱（いだ）かずにはいられない。それゆえにリュシーはすこしでも父の役に立ちたいと、政治や経済について学ぶために共和国でも随一のレベルを誇るベルナール国立大学で学び、必死に努力を重ねてきたのだった。

妹との対面がすこしだけあと回しになったことにほっとしつつ、リュシーは自分の部屋に荷物を運んだ。

父が政務官を務めているおかげで、リュシーの家庭は共和国内でも裕福な部類に入る。ふたりの執政官を元首として擁（よう）するベルナール共和国は、選挙で選ばれた政務官が元老院として元首と共に国を治めている。長く政務官を務める父は外交員として諸外国へ向かうことが多い。

リュシーは自分が大学を卒業したあとは、ぜひ父の仕事を手伝いたいと考えていた。

久しぶりに帰ってきた自宅はやはりほっとする。

リュシーは荷物をほどきながら家族のために選んだプレゼントを目にして、一緒に選んでくれたフィルのことを思い出してしまう。

(いま頃、フィルも自宅でゆっくりと過ごしているだろうか?)

恋人のことを考えていたリュシーは、部屋の扉がノックされたことにも気づかないほど物思いに耽(ふけ)っていた。

「姉様? いないの?」

妹のリゼットが戸口から顔をのぞかせている。

「ごめんなさい、リゼット」

リュシーはあわてて立ち上がった。

「久しぶりね」

「ええ、姉様もなんだか綺麗になったみたい」

「そうかしら? リゼットはいつもどおり美しいと思うけれど」

「うふふ、ありがとう。夕食のときにでも大学のお話を聞かせてね」

(無邪気で美しいリゼット。私とは大違いだわ……)

「ええ」

戸口で会話を終えると、リゼットが軽い足取りで嬉しそうに廊下を歩いていく姿を見送った。

（フィルも、妹に会ったら私になんて見向きもしなくなるのだろうか？　高等学校ででき た初めての恋人は妹に会った途端、私とは付き合えないと言い出したし……）

結局、妹は彼からの告白を断ったが、彼が自分よりも妹を選んだことはリュシーの心に大きな傷跡を残していた。

ふと気づくと夕食の時間が迫っていた。リュシーはあわててダイニングへ向かう。

すでに両親と妹は席に着いていた。リュシーも席に着くと、聖ピエールの生誕を祝う晩餐が始まった。

「聖ピエールに感謝の祈りを」

「感謝を」

祈りを捧げ終えて、夕食に口をつける。父の仕事の話や、妹の学校の話など様々な話題で食卓は盛り上がった。

偉大なる聖人ピエールの生誕を祝うこの祭りでは、豪華な食事を家族みんなで囲むのが一般的だ。ベルナールや近隣の国では、一年の中でも特にこの時期にあわせて休暇を取り、家族と過ごすことで、互いの絆を確かめるのだ。

「姉様、大学は楽しいですか？」

「とても楽しいわ。講義についていくのは大変だけれど、学び甲斐があるし、友人もできたし……」

リュシーはフィルのことを思い出して、微笑みを浮かべた。

その光景を見ていた家族も、つられて笑みを浮かべる。

真面目な長女が学生生活を楽しんでいる様子がうかがい知れ、両親は安堵したようだった。晩餐は和やかに終わり、休暇の夜は穏やかに過ぎていった。

翌朝は買っておいたプレゼントを交換する。フィルとリックのアドバイスをもらって選んだカフスボタンは父親に好評だった。

「リュシー、素敵なプレゼントをありがとう」

「友人に手伝ってもらったの」

「そうか……」

リュシーの笑顔に、父オーギュストもつられて満足そうな笑みを浮かべた。

母には美しい瓶に入った香水を、妹には香りのよい薔薇の香油が使われた石鹸を贈った。どちらも首都バスチエで女性に人気の商品だ。

ベルナール共和国の首都バスチエは、古くからの街並みを残しながらも、一方では最新の技術を駆使した鉄やガラスが多用された建物が混在している。先進的な技術を取り入れることを好む国民性は、優美でありながら機能的な芸術文化を発達させていた。首都の中心から郊外に向かって、鉄道馬車が整備されており、市民の重要な交通手段となっている。

リュシーの自宅からも、鉄道馬車を使えば小一時間ほどでバスチエの中心街へと移動することが可能だ。けれど、普段は忙しく中心部まで足を延ばすことのない母と妹のために、リュシーは流行の品物を選んだ。

父からは象牙と金と七宝でできた櫛を、母からは蝶の形を模したブローチをプレゼントされた。蝶の下にはバロック真珠がついている流行りのデザインで、外出用のケープを留めるのに使えそうである。

リュシーはありがたくそれらの品物を受け取った。妹からは美しいガラスのインク壺をプレゼントされた。リュシーはインク壺を見て、自分らしいかもしれないと思いつつ受け取ったのだった。

四　不安の影

リュシーが休暇を終え、大学の近くにある鉄道馬車の駅に降り立つと、フィルが待ち構えていた。

「リュシー！」

リュシーの姿を見つけたフィルは待ちかねた様子で、彼女を強く抱きしめた。

「フィル、苦しい……」

久しぶりに嗅(か)ぐ男らしいスパイシーな香りに、くらりとしながらリュシーが抗議すると、ようやく彼の腕がすこし緩(ゆる)む。

「会いたかった」

「ええ、私も」

互いの存在を確認し合うと、フィルが大学の近くに借りているアパルトマンへと歩き出す。

わずかな別離の間にも、思い出すのはフィルのことばかりで、リュシーは改めて彼への思慕を実感していた。それはフィルも同様だったらしく、アパルトマンへ向かう道すがら、つないだ手が離されることはなかった。

フィルの部屋に入った途端に強く抱きしめられ、離れていた時間を取り戻すようにリュシーもフィルを強く抱きしめた。背の高いフィルの背中にリュシーの手はなかなか届かない。そうしている間に抱き上げられ、ベッドに運ばれたリュシーは、口づけにぼうっとしてしまう。重ねられた唇からは熱い吐息がこぼれ始めた。

「ああ、リュシー！」

急かされるように互いの服を脱がせ合い、肌を重ねる。

久しぶりの逢瀬に高鳴る鼓動が、フィルにまで聞こえそうなほどうるさい。リュシーはフィルから与えられる愛撫に溺れていく。

その一方で彼の手慣れた様子に、気後れしてしまう自分がいた。きちんと彼を満足させられているのか自信が持てない。けれど、リュシーはやっと得たこの温かい場所を手放す気にはなれなかった。

フィルの大きな手が、むき出しになったリュシーの肌をなぞっていく。いつもの優しい手つきとは違い、性急な仕草で胸のまろやかな膨らみを揉みしだく。

「はぁっ」

性急でありながらも、乱暴ではない絶妙な手つきでフィルは触れてくる。与えられる快感を、リュシーはただ甘受することしかできなかった。フィルの手が胸から離れ、背中からお尻のほうへ向かっていく。彼の無骨な手が臀部を掴み、強く揉みあげる。

「あぁ……」

与えられる快感に翻弄されながらリュシーはフィルにしがみ付いた。自分よりも身体の大きい彼が、リュシーを気遣って大切に抱いてくれていることはわかる。

「フィル、大丈夫だから。好きにして……」

「せっかく我慢していたのに、そんなに煽られると我慢できなくなる」

フィルは我慢できなくなったのか、リュシーをベッドの上に押し倒した。

「リュシー、……ああ、リュシー」

熱に浮かされたようにフィルはリュシーの名を繰り返す。フィルの熱に煽られたリュシーもまた、噛みつくようにフィルの唇を奪った。

「っふ、ん……」

珍しく積極的なリュシーの口づけに火をつけられたフィルは、すぐに主導権を取り返し、リュシーの口腔を深く貪った。口づけを受けながら同時に身体に触れられ、リュシーの意識はぼうっとかすみがかったようになる。

「フィル……、あぁ……」

いよいよ身体は熱を持ち、その先に与えられる快楽を期待しておののく。フィルの指先はすでに蜜をたたえていた場所にたどり着いた。

「ああ、リュシー。こんなにも待ってくれていたのか……」

「やっ、言わないで……」

フィルの言葉に全身を赤く染めたリュシーは、恥ずかしさのあまり顔をシーツにうずめる。

「私は嬉しいのに」

フィルはリュシーに悪戯っぽい笑みを向けると、無防備になっている彼女の胸元に唇を寄せた。そのまま胸の頂を口に含むと、強く吸い上げる。

「ああぁん」

リュシーは自分の口から漏れた声に驚き、咄嗟に手の甲で口を塞ぐ。けれどその手はフィルによってすぐに取り払われてしまった。

「せっかくだから、もっと聞かせて」

そう言われてしまえば、リュシーに断る術はない。フィルから触れられるたびに口から飛び出す声は、自分でも恥ずかしくなるほど艶を含んでいた。

「っや、フィル……。恥ずかしい」

「もっと感じて……」

フィルの手がリュシーの花弁をかき分け、溢れた蜜をかきまぜるように動かす。

「っひ、あ……あぁ」

リュシーの身体はその先に待つ大きな快楽の予感に震える。

「いいよ、リュシー」

「ああっ、あーッ」

フィルの手によってリュシーの意識は一気に高みへと連れ去られる。つま先が丸まり、張りつめた身体が、がくがくと震える。嬌声を上げながらリュシーは悦楽の頂点へ押し上げられた。

ゆっくりと身体から力が抜け、シーツにぐったりと横たわるリュシーをフィルは愛しげに見つめる。

「リュシー、……好きだ」

フィルは力の抜けたリュシーの足を掴むと、その間に身体を進めた。リュシーの媚態に煽られた欲望は、これ以上はないというほど高まっている。

「本当はもう少しゆっくりと楽しみたいけど、私も限界だ……」

フィルは素早く避妊具を装着すると、ゆっくりとリュシーの内部に楔（くさび）をうずめていく。

「あぁっ」

快楽の波にたゆたっていたリュシーは、新たな刺激に意識を引き戻される。

「リュシー、すまない。我慢できないっ」

フィルは苦しげな息を吐くと、大きく腰を動かした。何度もリュシーの身体を突き上げ、欲望のままに蜜壷をうがつ。

「——っ！」

リュシーは声にならない声を上げ、強い快楽に耐えた。けれどそれも長くは続かず、再び絶頂に押し上げられてしまう。

「リュシー、そんなに締め付けられるとっ……」

フィルは唇を噛みしめて快感の波をなんとかやり過ごし、再び腰を動かし始める。

「はぁっ……、っやあ……。もうっ……」

絶頂に押し上げられたまま、休むことを許されないリュシーは、息も絶え絶えにフィルにしがみついた。

「リュシー、一緒に……」

「フィル……、もう……、はぁ、……あ」

フィルが大きく腰を動かし強く打ち付けると、リュシーは何度目かもわからない絶頂を迎えた。フィルはリュシーが達したことを知ると、ようやく欲望を解放し、避妊具の中に白濁を注ぎ込む。断続的に精を注ぐたびに、フィルはぶるりと身体を震わせた。

フィルは身体を離して、避妊具の後始末を済ませるとすぐにリュシーのそばに戻り、彼女の身体を強く抱きしめる。

リュシーはフィルに抱きしめられたまま、荒い呼吸が落ち着くのを待った。フィルの行為は巧みで、リュシーはついていくのがやっとだった。けれど彼の気持ちに応えられることが嬉しかった。互いの欲望が満たされたあと、ゆっくりとベッドに並んで横たわりながら、たわいもない話をしている時間がリュシーは好きだった。

「フィルも、自宅へ帰っていたのでしょう？」

「ああ……」

フィルはすこし顔をしかめている。

「そういえば、フィルの家ってどこにあるの？」

「言っていなかったか？　私はブランシュ王国の出身だ」

「そうだったの!?」

リュシーは頭の中に陸続きの隣国のことが思い出された。リュシー自身は訪ねたことはないが、一般的な知識だけならばある。

　ベルナール共和国の南西に位置するブランシュ王国は立憲君主制を取る王国だ。代々女王が治める彼の地は、ベルナールとも友好的な関係を築いている。数年前に両国を結ぶ汽車が開通したばかりで、より一層両国の結びつきも深まったところだ。

　フィルのダークブラウンの髪はブランシュ王国では比較的多かったことを思い出す。

「じゃあ、結構な長旅で疲れたでしょう？」

　リュシーがフィルの柔らかな髪の毛をもてあそんでいると、元気を取り戻したフィルが戯れにリュシーの身体に触れてくる。

「いいや、早くリュシーに会いたくて予定を早めて戻ってきた」

　恥ずかしいセリフを臆面もなく言えてしまうフィルに、リュシーは頬を染めて口を閉じる。黙り込んだ彼女に、フィルは嬉々として挑みかかるのだった。

§

　寮で暮らすリュシーがフィルと一緒に過ごせる時間は少ない。大学では昼食を共にすることもあるが、フィルは見聞を広めるために留学してきていることもあり、友人と過ごすことも多かった。ふたりが一緒に過ごすのは、ほとんどがフィルのアパルトマンだ。いっしょに夕食を作って食べたり、のんびりと過ごしたりするふたりだけのたわいもない時間がリュシーにとってはとても大切だった。

その日の講義を全て終え、フィルとの待ち合わせ場所に向かおうとしていたリュシーはリックに呼び止められた。

「あら、リック。久しぶりね」

「うん。悪いけどいまから時間をもらえるかな?」

リックはどこか浮かない表情をしている。

「えっと、フィルと待ち合わせをしているんだけど……」

リュシーはなんとなく彼と一緒に過ごすことがためらわれ、断りの言葉を口にしかけた。それに、待ち合わせの時間までには三十分ほどあるが、自分よりも先にフィルが待っていることが多いので、リュシーは早めに待ち合わせ場所へ向かいたかった。

「フィルなら用事があるから一時間ほど遅れるって伝言を預かっている」

「そうなの……」

リュシーの心配を読み取ったかのようなリックの言葉に、漠然(ばくぜん)とした不安が胸をよぎる。

「立ち話もなんだから、フィルのアパルトマンで話をしよう」

「え、でも鍵は？」

リュシーは自分の持っているアパルトマンの合鍵の入った鞄をギュッと握りしめた。合鍵はフィルと付き合い始めてすぐに、彼から手渡されている。けれど、なんとなくリックにはそのことを告げたくなくて、リュシーは咄嗟にそう答えていた。

「僕が持っているから心配ない」

そう言って開いて見せた彼の掌には確かにフィルの部屋の鍵がある。

「わかりました。行きましょう」

リュシーはリックのあとについてフィルのアパルトマンに向かった。

リックは勝手知ったる様子でフィルの部屋のキッチンを漁ると、器用な手つきでコーヒーを淹れ、リュシーに差し出した。

「ありがとう」

「すこし長くなりそうだから、リビングで話そう」

キッチンでリックの様子を眺めていたリュシーをリビングのソファに促すと、ふたりは向かい合って座った。

「リュシー、フィルと僕がブランシュ王国から来ていることは知ってる？」

「ええ、あなたもそうだとは知らなかったけど」

「そうか……、なら彼が王子だということは？」

「え⁉」

リュシーは驚きのあまり、持っていたカップを取り落した。カップはソーサーの上に落ち、割れてコーヒーが辺りに飛び散る。彼女のスカートにもコーヒーがかかっていたが、リュシーは驚きのあまり気づいていない。

リックがあわててタオルを持ってくると、リュシーにかかったコーヒーを拭いてくれる。その間もリュシーは茫然（ぼうぜん）としたまま座っていた。

「リュシー、ごめん。やっぱり、知らなかったんだね」

「フィルが……王子……」

ぼんやりとつぶやくリュシーに、床を拭いていたリックが顔を見上げて頷（うなず）いた。

「よかった。やけどはしなかったみたいだ」

幸いにもリュシーのスカートにかかったコーヒーはわずかで、足にまでは達していない。

「どうして……」

呆けたように視線をさまよわせているリュシーを、リックは憐（あわ）れみを込めた目で見つめた。

「私は殿下を補佐するために一緒に来ている」

リックは友人の仮面を脱ぎ捨て、本来の彼に戻っていた。

リュシーは次々と明らかにされる事実に、ただ黙って聞いていることしかできない。

「あなたのことは調べさせてもらった。オーギュスト・アルヌー政務官の長女で、成績は優秀で品行も悪くない。……だが、殿下にはすでに結婚を約束している方がいる。殿下とは別れていただきたい」

「……っ！」

（勝手に私の身辺を調べるなんて……）

リュシーの心にかつてないほどの怒りが込み上げる。同時に悲しみとも虚しさともつかぬ気持ちがリュシーを襲った。リュシーの前にひざまずいているリックは、ブランシュ王国ではそれなりの地位にあるはずのひとだ。きっと爵位も高いに違いない。

（プライドの高い貴族の彼がこうまでして頼み込むということは、きっと本当なんだ……。だとすればフィルに私なんかは相応しくない。身分のことも婚約者がいることも話してくれなかったのは、戯れの関係だったから？）

リュシーの頬には滂沱の涙が伝った。

「すまない……。こうなるとわかっていたら、もっと早く止められたのに」

リックの慰めの言葉はリュシーの耳をすり抜ける。

「女系優先のわが国では、殿下が王位を継がれることはないが、数少ない王族の一員としての役目を果たしていただかなければならない。外国人のあなたでは殿下の助けとなることは難しいだろう」

（どうしてフィルは教えてくれなかったのだろう。そんな大事なことを話すほどの相手ではなかったから？　愛されているという気持ちはただの思い上がりだったの？）

リュシーの頭の中は疑問で埋め尽くされていた。

（彼の口から本当の気持ちを聞かせてほしい。でも、もしただの遊びだったと言われたら……？　そんなことに耐えられるだろうか？）

「……わかり……ました。彼とは別れます」

絞り出すように紡がれたリュシーの声は細く、震えていた。

「あなたが理解のある方でよかった。私にできる範囲で、あなたにできる償いをいたします。お望みのものがあればなんなりと言ってください」

感情を交えないリックの声にリュシーの心はきしむ。

「……って」

「なんと？」

「帰ってと言ったの！　ちゃんとフィルとは別れます。だからいまは早く目の前から消えて！」

問い返したリックにリュシーは叫んだ。とっくに理性は限界を超えていた。

「わかりました。あなたに殿下の正体を告げたことは黙っていていただけると助かります。秘密を知る者が増えれば、殿下の身の安全に関わりますので」

リックは頭を下げると部屋を出て行った。

人気(ひとけ)のなくなったフィルの部屋でリュシーは嗚咽(おえつ)を上げた。

「……ィル、どうしてっ……」

（どうして彼は私に付き合ってほしいなんて言ったんだろう。遊びのつもりだったのならば、あんな風に勘違いさせるようなことをしないでほしかった。そうすれば、私だって本気になったりしなかったのに）

リュシーは悲しみを全て吐き出すかのように、嗚咽を上げ続ける。

そうして、ひとしきり泣きはらしたあと、リュシーはフィルに手紙をしたためた。別れを告げる手紙をテーブルの上に置くと、部屋の扉を閉め、鍵をかける。

「さよなら」

リュシーは鍵を大家に託して、実家へと向かう鉄道馬車に飛び乗った。

§

リュシーの母レオニーは、来客を告げるベルの音にあわてて玄関へと向かった。

(こんな遅い時間に誰だろう？ 夫の仕事の関係かしら)

扉を開けたレオニーの前にいたのは、瞼(まぶた)を腫(は)らした娘の姿だった。

「リュシー、一体どうしたの？」

はっきりと泣いたあとだとわかる娘の姿に、レオニーはうろたえながらも家の中に招き入れる。

「母様……。私、失恋しちゃった……」

崩れこみながら母の腕の中に飛び込んだリュシーの瞳からは、堰(せき)を切ったように涙が流れ出す。ここへ着くまでの間、必死に抑えつけていた涙が溢(あふ)れた。

「いいのよ。好きなだけ泣いて……」

母の言葉にリュシーは嗚咽(おえつ)を上げた。

母の胸の中でひとしきり泣くと、リュシーの気持ちは徐々(じょじょ)に落ち着いてきた。

「私は……彼に相応しくないって……。私には愛される資格なんてないのかな……」

　ぽつりとつぶやかれた娘の囁きがレオニーの胸をきりきりと苛んだ。

「そんなことを言ったのは誰？　あなたはまさか本当にそんな風に思っているの？」

「だって……私はリゼットみたいに美しくもないし、周りに認められるためにどうしたらいいのか……」

「なんてことを！　リュシー、あなたは十分美しいわ。それに、人間の価値は表面的な美しさだけではないと知っているはずよ。あなたは友人を、恋人を、顔で選ぶの？」

　見上げた母の顔は涙に曇っていた。

（ああ、母さんまで悲しませてしまうなんて……。私って本当にだめな人間だ）

「そんなこと……ない」

「あなたの魅力に気がつかない男なんて、こちらから願い下げよ」

　普段おっとりとしている母がここまで怒りをあらわにするのも珍しい。

　レオニーはリュシーを強く抱きしめた。

「初めから叶わない恋だったの。私は間違えたひとを好きになってしまったの……」

「……そう」

　母の温もりにリュシーは全てを委ねて目を瞑った。

§

（ああ、家に帰ってきたんだ……）

リュシーは寝ぼけ眼（まなこ）のまま見慣れた天井を見上げて、昨夜急に帰宅したことを思い出した。

（ぜんぶ夢だったらよかったのに……）

リュシーはベッドに横たわったまま、壁にかけられているカレンダーを眺（なが）めた。本当ならば今日も朝からびっしりと講義の予定が詰まっているはずだった。

何も考えずに大学を飛び出してきてしまったことにいまさらながら気づき、リュシーは落ち込んだ。けれど、今日だけは彼と顔を合わせたくない。

アパルトマンで会う約束をすっぽかし、一通の手紙だけで別れを告げたのだ。彼に会えばきっとそのことを追及されるだろう。そうすればリックから告げられたフィルの嘘に触れずにはいられない。

（もう、フィルと別れると決めたのに……）

リュシーはベッドの中で悶々（もんもん）とし、寝返りを打った。昨日あれほど泣いたというのに、すぐに滲んでくる涙を拭った。

（いずれは彼と顔を合わせなければいけないのはわかっている。それでもこの気持ちに整理がつくまでの間でいい。この胸の痛みがもうすこし和らぐまでフィルと顔を合わせたくない）

物思いに沈んでいたリュシーの思考を母の声が破る。

「リュシー……、起きているの？」

控えめなノックの音と共に、母が姿を見せる。

「ええ、……おはよう」

「今日は大学を休むといいわ。すこしくらい休んだって、あなたならすぐに取り戻せるはずよ」

「うん……」

「さあ、朝食にしましょう」

リュシーは頷くと、のろのろと起き上がる。母と連れ立って階段を下り、食堂に足を踏み入れた途端に焼き立てのパンの香りが鼻を突く。次の瞬間、猛烈な吐き気がこみ上げた。

「うっ……」

(気持ち悪い)

リュシーは込み上げてくる吐き気に咄嗟にトイレへ駆け込む。

ばたばたと廊下を駆け抜け、バスルームで嘔吐する娘のあとを追いかけたレオニーは、うしろからそっとリュシーの様子をうかがっていた。ようやく吐き気が治まり、リュシーがバスルームから出てくると、レオニーは彼女をソファに横たわらせた。

「もしかして、あなた……」

「え……?」

「妊娠しているのではないの?」

「妊……娠?」

母の懸念がすぐには理解できず、リュシーは首をかしげた。

(まさか……。フィルは二度目以降からきちんと避妊をしてくれていたはずだ。もしかして最初のときの……?)

リュシーの顔色が一気に青ざめる。顔色を変えた娘の様子に、レオニーはさっと立ち上がった。無言で外出の準備を始める。

「ここでこうしていても埒が明かないわ。病院へ行きましょう」

「母様……」

茫然とするリュシーをよそに、レオニーは手際よく準備を整えていく。リュシーは母の手に引かれるまま、産婦人科を訪ねた。

§

「お嬢様は妊娠なさっています」

別室のベッドで横になっているリュシーよりも先に、レオニーは医師から娘の状態を知らされた。

やはり、という気持ちが湧き上がり、次に娘の相手の配慮のなさに怒りを覚える。

(私の大切な娘をこんな目に遭わせるなんて……)

「現在第六週目くらいですね。どうされますか?」

アルヌー家の事情をよく知る医者は、無駄なことは口にしなかった。

「それは娘が決めることです」

「ではお嬢様にはありのままをお伝えしましょう」

レオニーは医師と共に、休んでいるリュシーのもとへ向かった。

「ドクター、母様……」

ふたりの顔を目にしたリュシーはベッドから身体を起こした。

「リュシー、あなたは現在妊娠六週目です。いまなら手術による妊娠中絶も可能ですが……中絶にはリスクが伴います。次の妊娠が難しくなるということはありませんが、手術による感染症の危険などが考えられます」

(赤ちゃんを殺すなんて嫌！)

それまで不安げに揺れていたリュシーの瞳に、強い意志が宿り始める。

「私、産みたい……」

ポロリとこぼれた言葉は、口にしてみれば心からの願いだった。

(フィルに愛されているというのは私の錯覚だったのかもしれない。それでも、私がまだ彼を愛しているのは本当の気持ちだ。その愛の証を殺すなんて……できない)

「そう……」

結論を出すまでにはまだ猶予がある。レオニーはここで結論を出すことはできないと、夫に相談することにした。

「オーギュストに連絡するわ。それから話し合いましょう」

「もし、気持ちが変わるようでしたら四週間以内に連絡をしてください」

リュシーはレオニーに支えられながら病院をあとにした。

運よく首都にいた父オーギュストはすぐにつかまった。レオニーからの電報に、オーギュストはあわてて元老院から帰宅する。

「何があったのだ！」

息を切らしたオーギュストが開口一番にレオニーを問い詰める。

「リュシーが妊娠しています」

「は!?　妊……娠……？」

自分がここにいることにも気づかず、目を白黒させている父の姿にリュシーはいたたまれなくなり、顔を伏せた。

「相手は誰だ！　どうしてここにいない！」

激昂するオーギュストをレオニーがなだめる。

「あなた、落ち着いてくださいませ。リュシーが怯えています」

ようやく小さくなっているリュシーの姿に気づいたオーギュストは、力が抜けたようにソファに座った。

「相手は……言えません。彼に迷惑が掛かります」

「お前はまさか既婚者とそのような関係に……！」

誤解しているオーギュストをあわててレオニーが止める。

「あなた！」

「既婚者ではありません。ただ……その方のそばには相応しくないと言われ、別れました」

涙を堪え、強い意志を宿した瞳で語りかけてくる娘の姿に、オーギュストは黙り込んだ。

「……それでも、産むのか？」

「はい。この子を殺したくありません！」

そう言ってお腹を庇う仕草をみせるリュシーは、すでに母親だった。

「そうか……」

疲れた様子で大きく息を吐いたオーギュストは、ソファに深く凭れ込んだ。

思索に耽り、黙り込んでいたオーギュストが口を開いた。

「大学はどうする？」

「辞めようと思います。子どもを養うには仕事が必要ですから」

「だが、大学も卒業せずにまともな職には就けないだろう。将来のことを考えれば大学は休学して、赤子が生まれてから復学すればいい」

「ですが……私が大学に通う間の子どもの世話は……」

「私ならいくらでも手伝うわ」

リュシーの言葉をレオニーが封じる。

「ありがとうございます。母様……」

母の言葉に、リュシーの目から涙が溢（あふ）れる。

（おかしい。私はこんなに泣き虫だっただろうか……）

娘の泣く姿に動揺したオーギュストは早々に白旗（しろはた）を上げた。こうなっては百戦錬磨（ひゃくせんれんま）の交渉人も形なしだった。

　幸いなことにアルヌー家にはいくばくかの財産がある。赤子のひとりやふたりを養ったところで痛くもかゆくもないのだが、娘ばかりが苦労することを喜ぶ親などいない。

「わかった。もう、反対はしない。それに出て行きたくなるまでは家にいればいい。子どもを抱えて苦労するのはお前だが、そんな親に不自由を強（し）いられる子どものほうが可哀そうだ」

「いずれ、この恩は父様の仕事を手伝わせていただくことで返したいと思います。ゆくゆくは、私と子どもがふたりで生活ができるようになるまで、よろしくお願いします」

　リュシーは父に向かって深く頭を下げた。

　涙を流す娘の姿を見て、オーギュストは孫の父親を探し出すことを心に決める。

（見つけ出したら、ただではおかない）

　オーギュストは固く胸に誓った。

五　妊娠と出産

リュシーは大学へ戻ることなく、父と母の手厚い庇護のもとで過ごしていた。妊娠初期の代表的な症状である悪阻がひどく、ろくに食事を取れないリュシーの身体は一気に痩せこけた。

毎朝トイレへ駆け込むリュシーを、レオニーは心配そうに見守っていた。

妊娠五か月目に入ろうとする頃には、悪阻もようやく収まり、かなり減ってしまったリュシーの体重もようやくもとに戻り始めた。

忙しい父もなるべく家にいる時間を増やし、帰宅時には赤ん坊へのプレゼントと称してなにかしらの手土産を携えて帰ってくるようになった。

妹のリゼットもリュシーの体調を気に掛けてくれ、気分転換になるからとなにかにつけ散歩に連れ出してくれる。

緑豊かな公園へゆっくり歩いて向かう道すがら、リゼットは語り始めた。

「姉様、私ずっと姉様がうらやましかったの」

思いもかけない妹の言葉にリュシーは戸惑った。驚きに目を見開き、リゼットを見返す。

「どういうこと？」

「姉様は頭が良くて、父様と母様の自慢の娘だもの。だから、姉様が相手が誰だか言えないようなひとの子どもを妊娠したと聞いて、ちょっとだけ嬉しかったの。姉様も完璧じゃないってことがわかって……」

「リゼット……あなたそんな風に思っていたの？」

リゼットの美貌（びぼう）を妬（ねた）んでいたのは自分のほうなのに、思ってもみなかった告白にリュシーは驚く。

「そうなの……。でも、これから生まれてくる子どもを大事にしている姉様の姿を見ていたら、そんなに不幸なことだとは思えなくなって……姉様みたいに大事にしてくれるなら、きっと子どもだって幸せになれると思うの。だから、私にできることならなんでもしてあげたいの。本当に私、恥ずかしい。謝りたかったの」

リゼットは恥ずかしそうに頬を赤く染め、姉を見上げた。

「ううん、私だっていつもリゼットに嫉妬（しっと）していたの。あなたは美しいし、父様も母様もあなたばかり甘やかしているような気がして……」

「姉様？」

「私のほうこそごめんね」

「私こそごめんなさい」

互いのことをない物ねだりで妬んでいたことに気づき、リュシーはリゼットに抱いていたわだかまりがするりとほどけていくのを感じた。

「まったく、思い込みが激しいんだから。姉様だって美しいわよ。もっとちゃんと手間暇をかけてあげれば、もっと美しくなれるのに……」

リゼットの言葉にリュシーはひるむ。自分ごときがちょっと手をかけたくらいで、妹のようになれるはずがない。

「しょうがないわね。私に任せておいて！」

しり込みするリュシーを、リゼットはまず美容院へ連れ出した。

「とても美しいプラチナブロンドですね。本当に羨ましい」

「でしょう？　だから、もっと……」

リゼットは当人を差しおいて、美容師とリュシーの髪型をどうするか相談し始める。

リュシーはふたりの興奮した様子に、口をはさむことを諦め、大人しく専用の椅子に座った。

いつもは、見苦しくない程度に括っているだけの髪をほどくと、まっすぐで艶のある髪が現れる。美容師は絶妙な手さばきで、リュシーの髪をカットし始めた。

カットを終えて鏡の中を覗き込んでリュシーは、驚愕した。

（これが……私？）

長い髪はほとんどがうしろに流され、緩やかにカールした髪が顔の輪郭を覆っている。

派手すぎず優美さを失わない髪型は、リュシーによく似合っていた。

「よくお似合いです」

「やっぱり思ったとおりね。姉さんの髪は綺麗なんだから、隠すのはもったいないと思ってたの」

まるで自分のことのように自慢げに頷くリゼットに、リュシーは苦笑するしかなかった。

次にリゼットがリュシーを連れて向かったのは眼鏡店だ。

実用重視の黒縁眼鏡を外させ、優雅な銀縁眼鏡へと変えさせる。それだけでリュシーの美しい水色の瞳があらわになり、野暮ったい女の姿はどこにも見当たらなかった。

自分の変わりように唖然とするリュシーを、リゼットはまだ解放してはくれなかった。

「ここからが仕上げなんだから！」

家に戻ったリゼットがリュシーに化粧を施す。ほんのすこし唇の輪郭を強調し、頬に紅をさすだけで、リュシーの顔は生来持っていた美しさが強調されていく。

「姉さん、いいわよ」

鏡を覗(のぞ)いたリュシーの目に映る姿はもはや、冴(さ)えない地味な女ではなくなっていた。

小さめな唇は口紅で艶(つや)を増し、水色の目は大きく強調されている。紅をさした頬は血色もよく、健康的な色香を放っていた。

「嘘……」

ボーッと鏡を見つめる姉の姿を、リゼットは満足げな笑みを浮かべて見守った。

「だから言ったでしょ？　本当は眼鏡(めがね)だってかけなくても平気なはずよ。眼鏡を盾のようにして身を守らなくても、そのままの姉様で自信を持っていいのよ」

鏡越しに姉妹の視線がぶつかった。

確かにリゼットの言うとおりだった。良く似た顔は誰が見ても姉妹だとわかる。妹と比べられるのがいやで、ひとの視線を避けるために眼鏡をかけるようになったのだ。いまならば、そのような必要などなかったのだと思える。

「リゼット……、ありがとう。本当にありがとう」

リュシーは改めて家族の優しさに泣きたくなるような気持ちを覚えていた。家族の愛に包まれながら、リュシーのお腹の中の子は順調に成長していった。

そんな中、時折、リュシーはどうしようもないやるせなさを感じることがあった。フィルを思い出し、涙を流す夜もあった。けれど、お腹の中で日々成長していく我が子が、リュシーの心の拠り所となっていた。

リュシーは定期的にかかりつけの産婦人科を訪ね、子どもの様子を診てもらっていた。七か月目を過ぎ、お腹も徐々に大きくせり出してきた。すぐに疲れてしまう彼女とは反対に、お腹の中の子どもは順調に育っているらしい。

この頃には生まれてくる赤ちゃんのための家具や服やおもちゃが、家じゅうに溢れかえっていた。お腹の中で元気に暴れている様子が伝わってくると、思わずリュシーは笑みをこぼす。そんなリュシーを家族は温かい目で見守っていた。

臨月も間近となると、オーギュストは乳母を雇い入れることまで決めてしまう。

そして、夏の暑さが和らぎ季節が初秋にさしかかろうとする頃、リュシーは両親と妹に見守られ、無事に男の子を出産した。

丸一日以上かかった難産で、初めて我が子と対面したとき、リュシーは涙が溢れるのを止めることができなかった。

のちにディオンと名付けられた子は、リュシー譲りの水色の瞳以外はフィルの特徴をよく受け継いでいた。くるくるとカールする柔らかな髪の毛はフィルそっくりのダークブラウン。意志の強そうな面立ちもフィルを思い起こさせる。

リュシーはディオンの姿にフィルを重ねずにはいられなかった。改めてフィルを失ってしまったのだという喪失感に苛まれ、我が子を得た喜びと同時に深い悲しみを感じていた。長丁場となった出産の疲れもあり、リュシーはわずかにディオンに乳を含ませるだけで疲れ切ってしまう。

産後の一か月が過ぎてもリュシーはそれ以前のように動き回ったりすることができずにいた。

なかなか産後の肥立ちがよくない様子に、オーギュストは郊外にある別邸にレオニーと乳母をつけて、リュシー親子を静養に行かせることを早々に決めてしまった。

そのおかげで、リュシーはバスチエ郊外の静かな住宅街で、乳母と共にディオンの世話をしながら静養することができた。ディオンが生後六か月にもなると、リュシーはバスチエの家に戻ってくることができるまでに、すっかり回復していた。

§

リュシーはフィルと過ごしたベルナール国立大学へ戻る気になれず、家から通うことのできる大学に編入し、努力した末に学位を得ることができた。

大学を卒業するとすぐに父親の秘書として仕事をすることにしたリュシーは、バスチエにある父の仕事場で働き始めた。

初めての仕事にリュシーは戸惑い、指示されることをこなすだけで精一杯の日々が続いた。特に父の仕事ではかなり専門知識が必要となる。大学で学んだだけでは、到底知り得ない知識が求められ、毎日が勉強の日々だった。けれど、実家で自分の帰りを待っている可愛い息子がリュシーの心の支えとなっていた。

仕事のためになかなかゆっくり過ごす時間は取れなかったが、それでも母や乳母の助けを借りてディオンはすくすくと成長してゆく。


「ただいま」

疲れた身体を引きずって家の扉を開ければ、可愛い息子が駆け寄ってくる。

「まっま！」

長ずるに従ってますます父親に似てくるディオンの姿は、リュシーの胸に痛みを走らせる。けれどそれ以上の喜びがリュシーの心を満たしていた。

「ディオン、大好き！　いい子にしてたの？」

「あい！」

日毎に息子の身体は重くなっていたが、リュシーは軽々とディオンを抱き上げてただいまのキスを額に落とした。

「まっま、ちゅー」

自分もキスをしたいというのだろうか。ディオンの言葉の意味を図(はか)ってリュシーが額を差し出すと、柔らかな温もりが額に伝わってくる。

ちゅっ、と軽く音を立ててディオンの唇が離れていく。満面の笑みを浮かべた息子の可愛らしさに、リュシーはディオンを強く抱きしめた。

(本当は、もっとこの子と一緒に過ごしていたい)

そんなリュシーの思いは強くなる。ふと、顔を上げると母の姿が目に入った。

「お帰りなさい」

母がリュシーを出迎えてくれる。

「ただいま。ディオンの面倒を見てくれてありがとう」

「ディオンったら本当に元気いっぱいで……、私はついていくのが精いっぱいだわ」

嬉しそうに孫の顔を見ながら笑う母につられて、リュシーも笑みを浮かべた。

「今日は何をしていたの？」

「えっと……、つきみと、ぬりぬり」

「そう、つみきとお絵かきかな？　つみきで何を作ったの？」

「んとね、えとね、しゅっしゅってうごくの」

一生懸命に答えようとするディオンの姿に、リュシーの胸に愛しさがこみ上げる。

「そう。ディオンは乗り物が好きなのね」

「うん！」

頷くディオンの笑顔に、リュシーは仕事の疲れも吹き飛んでしまうような気がした。

「まっま、なに、持ってる？」

ディオンはリュシーが買ってきた袋の包みを、目ざとく見つけたようだ。

「うふふ、なんだと思う？」

「んーとね、キャンディ！」

ディオンはすこし考えてから、『どう？』と得意そうな顔で答えた。

「残念。いちごよ」

「いちご！　いつ食べる？」

好物の名前を聞いて、途端にディオンは目を輝かせる。

「うーん、明日の朝かな」

「いちご食べる」

「明日ね」

「やだ、いま。おねがい。ちょっとだけ」

ディオンは下唇を突き出して、不満をあらわにしている。

「もう、ディオン。今日はもうおやつを食べたんでしょう？　明日にしましょ？」

「……しかたない。がまん」

「うふふ。偉いわ、ディオン」

「どういたしまして」

もったいぶって頷くディオンの様子に、リュシーは笑わずにはいられなかった。

「あら。ディオンったら、今日は元気に走り回って、おやつにパイも食べたのよ」

そう言うレオニーは気丈そうに振る舞うが、疲れを隠しきれていない。

（いくら乳母が手伝ってくれるとはいえ、母には体力的な限界もある。やはり早く家を出たほうがいいのだろうか）

さりとて、自分一人の稼ぎではディオンの面倒を見るひとを雇うこともできない。かといって、自分が働かなければ生活もできない。リュシーはジレンマに陥っていた。

自分より遅れて仕事から戻ってきた父にそのことを告げると、一喝される。

「そんなくだらないことを思い悩む暇があったら、早く一人前の仕事ができるようになれ。それがお前とディオンの幸せに繋がるはずだ。私だってお前の父親なんだから、もっと頼ってくれてもいいんだぞ！」

父にそう窘められたリュシーは、申し訳ないと思いながらも一心に仕事に打ち込んでいった。

父の仕事は諸外国との折衝であることが多い。本来ならば父に同行して各地を飛び回らなければならないのだが、ディオンのためにバスチエで働かせてもらっている。この仕事場なら、ほぼ定時で帰ることができる。父についてまわれば給与は増えるが、ディオンとの時間が持てなくなってしまう。

せめて早く父の役に立てるようにとひたすらに働き、リュシーが子どもを育てられるだけの安定した収入を得ることができるようになる頃には、ディオンは五歳になっていた。

（いずれディオンも六歳を迎えれば、小学校へと通わせなければならない。私もそろそろ家を出たほうがいいのかもしれない）

そんなことを考えていた矢先、リュシーは再びフィルと出会うことになる。

六　アクシデント

リュシーはブランシュ王国で開かれる経済会議の準備に追われていた。普段同行する秘書官が、妻の出産のためにバスチエから離れられないというのだ。

ブランシュ王国の首都であるブランシャールでの滞在先の確保や、交通手段などの手配を考えると、父の仕事の内容をよく理解し、やりとりの中身を知っているリュシーが同行することが最善の手段だった。

「ディオンの世話なら、私とジョゼットで見るから大丈夫よ」

母に相談すると、乳母と共に世話をしてくれるという。

「会議は七日間もあるし、その間ずっとディオンと離れるのは……不安だわ」

「リュシーはずっと子育てで忙しかったでしょう？　すこしくらいのんびりしてきなさいな。まあ、お仕事もあるし難しいのでしょうけれど」

「ママン、ぼくなら大丈夫。お仕事頑張ってね」

「ディオン……ありがとう。優しいのね」

息子にまでこう言われてしまえば、リュシーもそれ以上反論できない。

「素敵なお土産を買ってくるから、待っていてね」

「うん」

元気に頷くディオンを抱きしめると、リュシーの鼻をお日様の匂いがくすぐる。

リュシーはしばらくディオンと離れてしまうことにうしろ髪をひかれつつも、母の言葉に甘えることにして、ブランシュ王国へ向かう手はずを整えた。

（あの国にはフィルがいる。会う確率は低いだろうけれど、もしも出会ってしまったら？）

リュシーは彼の国へと足を踏み入れることに若干の恐怖を感じていた。

（でも、いまの私はあの頃の、恋に溺れた愚かな娘じゃない。彼への気持ちは胸の奥底に封印してしまった。ディオンを守るためなら私はなんだってできる）

ベルナール共和国とブランシュ王国を結ぶ汽車に乗って、リュシーは父と共にブランシュ王国へと旅立った。車窓を流れる景色は次第に見慣れたものから変化していく。日差しの強いブランシュ王国の建物は見目鮮やかな色彩を放っていた。

父と共にブランシャールの駅に降り立つと、強い日差しがリュシーに降り注ぐ。

（ここが、ブランシュ。フィルの国……）

ドキドキとはやる鼓動をなだめすかして、リュシーは秘書としての務めを果たすべく、手配しておいた大使館の職員の姿を探した。

スーツに身を包んだ逞しい男性が、オーギュストの顔を見つけて近づいてくる。

「ようこそおいでくださいました、アルヌー政務官。あなたは……」

「私の娘で、秘書官を務めているリュシエンヌだ」

「これは失礼しました。私はエティエンヌ・セールと申します」

そう言って優雅に一礼したエティエンヌは、にこりとリュシーに微笑みかけた。

リュシーはこの会議の手配の際、大使館と何度かやり取りした中に彼の名前があったことを思い出す。

「リュシエンヌ・アルヌーです。滞在の間、なにかとお願いすることもあるかと思いますが、よろしくお願いいたします」

リュシーが差し出した手を、大きな温かい手が握り返す。久しぶりに感じた異性の体温に、リュシーは胸の鼓動がすこし速まるのを感じた。

「では、ホテルにご案内しましょう。どうぞこちらへ」

エティエンヌが先導した先には二頭立ての大きな馬車が待っていた。父のあとからリュシーは座席に乗り込み、馬車がホテルに向かって走り出した。

ホテルの大きな車寄せに止まると、ドアマンが素早くドアを開ける。リュシーは颯爽と馬車から降り、建物を見上げた。

　リュシーが予約していたのはブランシャールでも星付きの由緒あるホテルだった。父を促し受付で名前を告げると、あわてて支配人がやって来る。

「アルヌー様、大変申し訳ございません。当方の手違いで予約がひとり分しか受け付けられておりません。シングルのお部屋ひとつしかご用意できていないのです」

「そんな……」

　リュシーは前もってホテルに予約の確認をしていた。それがいまになって、ひとり分しか部屋がないとはどうしていいのか、わからなくなる。

「こちらで近くのホテルを手配させていただいたのですが、そちらへおひとり移動していただけないでしょうか？」

　慇懃に申し出てきた支配人に、リュシーは気を取り直して頷いた。ないものは仕方がない。

「では私がそちらのホテルへ移動します。アルヌー政務官、明日は会議場で待ち合わせることに致しましょう」

　父に向かってそう提案すると、オーギュストは渋々頷いた。

「部屋がないのであれば致し方ない。セール君、すまないが娘をそのホテルまで送ってもらえるかね」

「もちろんです、アルヌー政務官」

オーギュストが頷いたことに、支配人はようやく安堵の表情を見せた。

「大事なお客様に大変なご迷惑をおかけし申し訳ございません。当方でできうる限りの配慮をさせていただきますので、平にご容赦下さいますようお願い申し上げます」

「まあ、仕方ないだろう。セール君、できたら娘を食事にでも連れ出してやってくれないか。こちらは初めてであまり詳しくないのだ」

「お嬢様をエスコートさせていただけるなら、喜んで」

エティエンヌは嬉々として頷いている。

「ちょっと、父様？」

「頼んだよ」

オーギュストは支配人に案内されて部屋へ向かってしまう。

突然の展開にリュシーはあわてて父を追いかけようとするが、エティエンヌに腕を取られた。

「リュシエンヌさん、ホテルまでお送りします。支配人が手配したホテルもこちらでは同じくらい由緒のあるホテルなので、ご心配いりませんよ」

「セールさん、私はひとりでも大丈夫です」

「そんなことをおっしゃらずに。アルヌー政務官からもお願いされておりますので、ここは私の顔を立てていただけませんか？」

リュシーは仕方なく、エティエンヌに荷物を手渡し、乗ってきた馬車に戻る。隣に乗り込んできたエティエンヌが御者にホテルの名前を告げた。

しばらくして到着したのは、リュシーが手配したホテルよりもさらに大きなホテルだった。あまりの大きさに唖然としていると、エティエンヌがリュシーの腕を取って受付へエスコートする。

促されるままに受付を済ませれば、エティエンヌは部屋まで荷物を運んでくれる。荷物を部屋に下ろしたあと、彼は部屋のドアに戻る。リュシーもここまでのお礼を述べようと、ドアに向かう。

「では、七時にこのホテルのロビーでお待ちしております」

「え？」

思わず問い返すリュシーに、エティエンヌはにこりと笑みを返した。

「夕食を一緒に取るという約束をお忘れですか？」

「あの、そんなに気を遣われなくても結構です。父には上手く言っておきますので……」

「それは残念です。私としてはぜひあなたと夕食を共にしたいと思っていたのですが」

悪戯っぽい笑みを浮かべるエティエンヌにリュシーは言葉を失う。

(いくら父に言われたからといって、彼の誘いは熱心すぎるような気がする。私に興味があるってこと？　子どもまでいる私なんかに？)

リュシーが抱えていた長年のコンプレックスは、妹の手によって幾分かは薄らいでいた。実際、本当に必要なとき以外は眼鏡もかけなくなっていた。この日も移動のみということで眼鏡はかけていない。こうして男性に誘われると、自分の容姿にもすこしだけ自信が漲ってくる。

(どうしてだろう？　男性に誘われれば、自尊心はくすぐられるけれど……それだけだわ)

「すみません。今日は疲れておりますので部屋で夕食をいただくことにします」

今度はエティエンヌも引き下がった。

「本当に残念です。こんなに美しい女性と夕食を共にできれば幸せだったのですが……。もし、不便なことがありましたらこちらへご連絡ください」

彼が示した紙に書かれていたのは、自宅の住所のようだった。リュシーに断る隙を与えずにエティエンヌは去ってしまった。

手に残された紙片を握りしめ、リュシーは大きなため息をついた。

リュシーは荷物をほどくとルームサービスを頼む。

（今日はもうどこへも出かけたくない）

疲れたリュシーはベッドに倒れ込む。

今日一日で色々なことが起こりすぎた。久しぶりに男性から誘いを受けたことも、疲れに拍車をかけていた。

（どうして私なんかを誘ってくるの？　私の心はあのときから凍りついたままなのに……）

エティエンヌからの誘いはリュシーの胸を疼かせた。自分が母ではなく、ひとりの女性なのだと思い知らされる。心の奥底に閉じ込めた彼との記憶が蘇りそうになり、あわてて蓋をする。

（忘れなさい。考えてはだめ。ディオンのことを考えるのよ）

リュシーは自分に対して必死に言い聞かせる。

そうして思い悩んでいるところへ、ドアをノックする音が聞こえた。

ルームサービスが届き、簡単に夕食を済ませると、リュシーはシャワーを浴びすぐに眠りについた。

翌朝、案の定よく眠れなかったリュシーは眠い目をこすりつつ夜明けと共に目を覚ました。シャワーで軽く汗を洗い流し、目の下にくっきりと残る隈をなんとか化粧でカバーして隠す。

身支度を整えて、部屋の鍵を持ってロビーへ下りる。リュシーは鍵を受付に預けて、馬車を用意してもらった。

会議の初日となる今日はそれほど多くの予定はないが、リュシーが海外の会議に同行するのは初めてだ。気を引き締め直すと、エントランスに向かって歩き始める。

「リュシー?」

「えっ?」

懐かしい声が聞こえた気がした。強く握られた腕に驚いて見上げた先には、息子そっくりの顔がなんとも言えない顔で立ち尽くしている。

(どうしてここに彼が?)

リュシーの心に、大きな嵐が吹き荒れる。

(……どうして、なんて馬鹿ね、私。ここは彼の国だもの!)

なんとか動揺を抑えこんで、リュシーはこの六年の間に培った自制心を発揮し、王族

に対して失礼のないように礼を執る。

「お久しぶりでございます。フィリップ殿下」

「君に殿下、と呼ばれるとは……驚きだな」

リュシーの他人行儀な挨拶にフィルは一瞬驚き、痛みを堪えるような表情を見せたような気がしたが、次の瞬間その表情は綺麗に覆い隠されていた。

「……久しぶりに会ったんだから、一緒に食事でもどうかな?」

「お誘いは非常に嬉しいのですが、仕事が忙しいので……」

付き合っていた当時、嘘をつくという不誠実なことをしておきながら、いまさら自分と食事を共にしたいと申し出る。その非常識さにリュシーの口からは咄嗟に断りの言葉が突いて出る。

(また嘘をつくつもりだろうか? それとも、まだ簡単に誘いに乗るような女だと思っているの?)

リュシーはそんなことを考えながら彼の誘いを振り切り、頼んでいた馬車に乗り込んだ。

「ブランシャール国際会議場までお願い」

御者に行先を告げると、リュシーは溢れ出しそうになる涙を必死に堪えた。

(運命の神がいるのだとしたら、それはひどく残酷だ。どうしていま頃彼と再会させたのだろう。ようやく、落ち着いて生活ができるようになったと思ったのに……)

大きく深呼吸を繰り返すとすこし落ち着いてくる。

(次に彼に会ったとしても隙を見せてはいけない。自分の心を守るために、そして何よりディオンとの生活を守るために)

リュシーが固く決心をしたところで、ちょうど馬車が会議場に到着した。

眼鏡(めがね)をかけ、冷静な秘書の仮面を身に付けたあと、リュシーは馬車から降り立った。

会議場の前で待ち構えていると、すぐに父が現れる。

「おはよう、リュシー」

「おはようございます、父様」

はっきり寝不足とわかる娘の顔に、オーギュストは眉をひそめた。

「昨日の夕食は楽しかったか？」

「えっ？　ええ、まぁ……」

エティエンヌと食事をしたことになっていたのだと思い出し、リュシーは言葉を濁(にご)す。

「寝不足になるようなことでもあったのか？」

父の見当はずれな心配に、リュシーは笑い出しそうになる。

「心配することなんかなにもないわ。枕が変わったせいかも……」

「そうか。そろそろ行こうか？」

「はい、アルヌー政務官」

リュシーは気持ちを切り替えると、オーギュストのあとについて会議場へ足を踏み入れた。

ベルナール共和国を取り囲むように存在している国々の経済担当の実務者が一堂に会する経済会議は、各国の持ち回りで開催されている。

今回も例年と同様ベルナール共和国、ブランシュ王国のほかにセルベラ公国と、今回から新たに加わったバルディーニ王国の担当者が集まっていた。

会議は和やかに始まった。まずは四か国が一緒に今回の会議での議題を確認する。大まかな方針が決まったところで、各国との個別折衝に入っていく。

今日はまだ会議の一日目だ。互いに相手の出方をうかがっているような様子が見てとれた。

リュシーはオーギュストの外交手腕を、傍らで舌を巻きつつ見守る。官吏としての父の言葉を必死に書き留めつつ、リュシーは明日必要になりそうな書類をリストアップした。

全ての会議が終了した頃には日はとっぷりと暮れていた。

会議場の前で父と別れたあと、必要な書類をそろえるため、いったん大使館へと出向いて手配を済ませる。どうにかホテルに戻ったときには、リュシーはぐったりと疲れていた。

部屋へ戻り、今日も夕食をルームサービスで終えようかと思案していると、ドアをノックする音が聞こえる。

(こんな時間に誰だろう?)

不審に思いながらもリュシーはドアを開けた。

「こんばんは」

扉を開けたリュシーは大きな人影に驚き、顔を上げる。そこには鋭い光をたたえた緑色の瞳があった。

七　囚(とら)われて

「フィル！」

「食事を一緒に取ろうと思って」

朝とは異なる色のスーツを身に纏(まと)ったフィルは、リュシーとは異なり疲れた様子も見えない。リュシーはふとした気の緩(ゆる)みから、以前の愛称を呼んでしまったことに気づいた。

フィルがフィリップ・カリエ・ブランシュ王子だと知ったときの衝撃が蘇(よみがえ)り、リュシーは克己心(こっきしん)を奮(ふる)い起こした。

「あの……、今日は疲れたので今度にしていただけませんか？」

「そう言って、応じるつもりなどないのだろう？」

はっきりと揶揄(やゆ)する響きを含んだ口調で問われ、リュシーの胸には痛みが走る。

（先に嘘をついていたのは、あなたのほうじゃない！）

リュシーの闘争心に火がつけられた。残りわずかな気力を振り絞り、フィルに立ち向かう気持ちを奮い起こす。

「私のほうには話すことなどありません」

「たった一通の手紙で私を振っておいて、話すことはないと言うのか？」

大きくなったフィルの声に、リュシーはあわてて周囲を見回した。

フィルも礼儀から外れてしまったことに気づき、声を抑える。

「とりあえず、ここでは話もできない。どうせ夕食は食べていないのだろう？　ついておいで」

フィルはそう言って歩き出してしまう。リュシーは鍵と鞄を持つと仕方なく彼のあとに続いた。

彼は階段を下り、二階にあるレストランへ足を進める。ウェイターがフィルの姿を認めると、すぐに個室へと案内された。

リュシーが席に着いたところで、フィルも斜め向かいに腰を下ろした。

「こちらで頼もうか？」

「いいえ、自分で決めます」

フィルの提案を断ると、すぐにウェイターがリュシーにメニューを差し出した。

「どうぞ、マドモワゼル」

「ありがとう」

メニューを受け取ったリュシーは、適当に料理を二皿ほど選び、水を頼んだ。フィルも同様に料理を選み、ワインを頼もうとしていたが、リュシーが水を注文するのを聞いて水に変更する。

ウェイターは料理と飲み物を運び終えると去っていく。ふたりは無言のまま食事を口に運ぶ。

身体は疲れ切り、空腹を感じていたはずなのに、リュシーはあまり食事が喉(のど)を通らなかった。

それでも翌日のことを考え無理矢理料理を片付けていると、フィルが口火を切った。

「さて、何から話そうか？」

「私には特に話すことはないけれど……」

リュシーは平静を装(よそお)った。

「では、私の質問に答えてもらおう。どうして大学を辞めた？」

「体調を崩したの」

その答えは間違いではない。妊娠初期の悪阻(つわり)に苦しんでいたのだから。

「そう、いまはもういいのか？」

「ええ」

リュシーは水の入ったグラスに口をつけた。

「手紙には私のことが嫌いになったと書かれていたが、どこが嫌だったのだろう？」

「不誠実なところよ！」

リュシーは思わず激昂（げっこう）していた。身分のことと、婚約者の存在を隠していたことは不誠実以外の何物でもない。

「不誠実？　私は君以外の女性とは付き合っていなかったが？」

鋭い眼光を宿した緑色の瞳がリュシーを睨（にら）みつけた。怒りをたたえた瞳が交差する。

「あなたが王子であることや、婚約者がいることを隠して付き合うのは不誠実だと思わないの？」

「そういえば今朝、殿下と呼ばれて驚いたよ。知っていたのか？」

「ええ」

ようやく一矢報（いっしむく）いた気分で、リュシーは水を嚥下（えんげ）した。

「そうか……知っていたのか……」

フィルが纏（まと）う雰囲気が一転して暗く冷たいものへと変じる。

「チェックを」

すぐにウェイターが現れ、フィルが勘定を済ませてしまう。フィルはリュシーの腕を掴んで立ち上がった。

「なんなの？」

「あのとき、君が私のことを知っていたのなら、もう遠慮はしない」

「どういうこと？」

リュシーは彼の態度の豹変にうろたえながらも、なんとか彼の腕から逃れようと身体を捻った。けれど力強い腕はびくともしない。そのまま引きずられるようにレストランをあとにすると、フィルはそのまま無言でさらに階段を上っていく。

（三階にはスイートルームしかなかったはず）

フィルが自分の部屋へと向かっていると悟ったリュシーは、必死に抵抗を始めた。けれど体格で勝るフィルは軽々とリュシーを抱き上げ、自分の部屋へと連れ込んでしまう。

「やめて、フィル。放して！」

「黙れ！」

次の瞬間、リュシーの唇はフィルの熱い唇によって塞がれていた。顎を掴まれ動けないリュシーの口は容赦なくフィルによって蹂躙されていく。

「……ん……っはぁ」

リュシーは突然の出来事に考える暇もなく、熱い唇に翻弄された。彼の口づけが脳裏をじわじわと侵食する。六年もの別離は一瞬にして打ち砕かれた。

リュシーの持っていた鞄が床に落ちる。

それに気づくことなくふたりは互いの唇を貪り合う。

フィルの腕がリュシーの身体に伸び、弄り始めた瞬間、リュシーの理性が警告を発した。

（いったい私はなにを？）

「放して！」

リュシーが彼の胸をこぶしでたたき、ようやく身体が解放された頃には、リュシーの唇は腫れ上がり、目は情欲に潤んでいた。見上げたフィルの目にはギラギラと自分以上に熱い欲望が灯されている。思わずあと退りしたリュシーの腕をフィルが引き留めた。

「帰さない」

リュシーの身体をフィルの腕が抱きしめる。彼女は彼に再び囚われてしまったことにようやく気がついた。

「いまさら……私に何を求めているの？」

リュシーはリックから真実を知らされたときのことを思い出す。

あのときのことを思い出すと、いまでも胸がひどく痛む。リュシーが心に負った傷は、心の奥底で未だにじくじくと血を流していた。

「償（つぐな）いを」

「真実を知らせないまま、付き合っていたあなたがそのセリフを言うの？」

「……ふ、そうだな。きちんと君に伝えていなかったことは悪いと思っている。だが、君も私に隠していたことがあるだろう？」

フィルは苦笑すると、リュシーを抱きしめたまま耳元で囁（ささや）く。

（まさか、彼はディオンのことを知っている？）

リュシーの鼓動が跳ね上がる。彼女はフィルがどのような表情でいるのか恐ろしくて、顔を上げられなかった。

「他に好きなひとができたのなら言ってくれればよかったのに……」

リュシーは彼の言う隠し事というのが、ディオンのことではなかったことに安堵（あんど）する。

（他に好きなひとってどういうこと？　一体なんのことなの？）

リュシーには彼がそんなことを言い出す理由がわからなかった。

「誰がそんなことを⁉」

「リックから聞いた」

（なんということを。彼はそこまでして私を排除したかったのか……）

リュシーは、リックがフィルに嘘をついてまで自分を排除したかったことをようやく知った。

「君が私のもとを去ってから、どんな女性を抱いても君のことばかり思い出してしまう。君と他の女性がどう違うのか私にはわからない。だから、君ときちんと話し合って決着をつけようと思っていた」

フィルの言葉は容赦（ようしゃ）なくリュシーの心を傷つけていく。

（私はディオンの顔を見るたびにフィルのことばかり考えていたのに、彼は私以外の女性と関係を持っていたのね……。バカみたい）

リュシーの口は不格好に歪（ゆが）んだ。

「だが、君を見て気が変わった。私が飽きるまで付き合ってもらおう」

フィルが償いを求めるのは誤解からだということはわかったが、だからと言って到底納得できない。リュシーはわずかながらも反撃を試みた。

「だけど、私がこの国にいるのは会議中の七日間だけよ」

「それでもいい。ないよりはましだ」

リュシーの心を絶望が襲う。

（結局、彼は私を愛していたわけじゃなかったのよ……。傷つけられたプライドを満足させるためだけに私を抱くんだわ……）

もともと彼のことが嫌いで別れたわけではない。『相応しくない』『婚約者がいる』と言われたから身を引いたのだ。再び彼と関係を持てば六年前よりも、もっと傷つくことになる。

（そうだ、その婚約者とはどうなったのだろう……。『どんな女性を抱いても』なんて言葉を平気で口にするってことは、そのひととは続いていないのかもしれない）

「リュシー、お願いだ……」

低く、欲望を宿した掠れ声が耳元で懇願する。それはリュシーの懸念を払拭するのに十分だった。

（きっと後悔するに決まってる）

リュシーは炎に飛び込む虫のように、ふらふらとフィルに身体を預けた。

（……それでも、私はいまでもフィルを愛している）

「……わかった」

「リュシー！」

強張っていたリュシーの身体から力が抜けたことを感じ取ったフィルは、感極まったように名前を呟くと荒々しく口づけた。

触れるだけではない、全てを奪い尽くす征服者のキスを受けながら、リュシーは全てを忘れてその熱に身を委ねた。

（いまだけは……、何もかも忘れていたい）

フィルから与えられる熱に、リュシーは身体の奥底に眠っていた埋み火が燃え上がるのを感じた。キスを繰り返しながら、フィルの手は巧みにリュシーの服をはぎ取っていく。そのすこしの間も離れたくないと言わんばかりに、フィルの手がリュシーから離れることはない。

「フィル……、あっ」

リュシーは与えられる刺激に身体を震わせた。

彼と別れてから誰とも関係を持つことのなかったリュシーの身体は、フィルが触れるだけで容易く快感を思い出す。

荒々しいが気遣いを忘れないフィルの手が身体に触れるたびに、リュシーは自分が彼を未だに愛していることを否が応にも思い知らされる。与えられる快感に流され、気づいたときには下着一枚の姿でベッドの上に横たわっていた。

子どもを産んだ身体は、かつて彼と愛し合った頃とは変わってしまった。

（フィルを失望させてしまったらどうしよう……）

しかし、リュシーの不安は杞憂に終わった。

「胸が大きくなった……？」

嬉しそうに言いながら、フィルは胸をすくい上げるように手を這わせ、まろやかな膨らみの頂点を口に含んで吸った。

リュシーの頂はたちまち芯を持って立ち上がる。

「あ、あぁ……」

噛み殺そうとしてもできなかった快感の声がリュシーの口から漏れる。シーツを強く握り締めながら、眉根を寄せ、快感を堪えるリュシーの仕草に、フィルの欲望は限界に達した。

フィルが秘められた場所に手を這わせると、下着が蜜を吸って色が変わり始めているのがわかる。リュシーが感じている証拠を見つけ、フィルはたまらず下着をはぎ取るように脱がせた。かつての記憶どおりに、薄い金色の叢が蜜をたたえてさらけ出される様は、たとえようもなく淫らでフィルを煽る。

指を内部に含ませると、リュシーは敏感に反応を返してくる。

「……っあ、あ、ああ」

身体を震わせ、宙をさまよう視線に、フィルはリュシーが感じる場所を探り始める。

「ああ、リュシー……」

失われていたものを取り戻すかのように、フィルはゆっくりと時間をかけてリュシーの身体を解していく。指が増やされるたびに上がる嬌声はフィルの欲望をさらに煽り立てる。指だけで何度も快楽を極めたリュシーの身体は、力なくベッドの上に横たわっていた。

「もう……、我慢できない」

欲望に掠れたフィルの声がリュシーの耳を侵す。

「きて……」

かすかなリュシーの囁きをフィルは聞き逃さなかった。フィルが着ていたシャツはほとんど乱れていない。彼は下肢だけをくつろげると、求められるままに楔を打ち込んだ。

「……っあああああ」

久しく交わることのなかった内部は容易に侵入を許さない。大きく息を吐きつつ衝撃をやり過ごしていたリュシーだが、フィルは容赦なく押し入ってくる。

「っく、……はぁ」

フィルは苦しそうに眉根を寄せ、大きく息をついた。

「っあ、まっ……て」

「無理……だ」

フィルは深く呼吸をすると、一気にリュシーの最奥へと突き進んだ。

「あぁ！」

足を大きく割り開かれ隙間なく繋がり合った瞬間、リュシーはかつて感じていた以上の幸福感を得る。いままで欠けていた自分の一部を取り戻したような充足感。

（たとえ一時でも、彼に求められているのは私だけだ）

リュシーはフィルの肩口に顔を埋め、しがみ付く。

フィルはこれまでずっと燻っていた欲望を解放させ、リュシーを激しく揺さぶった。

ふたりの繋がり合う音だけが室内に響く。長い別離を経て、ようやく求めていた存在を手にした男の理性はとうに焼き切れていた。

「リュシー、リュシー……」

ただ名を呼ぶだけでこみ上げてくる幸福感に、フィルはすぐに果ててしまいそうになる。

彼女の艶やかな肌を身体で直に味わいたくなり、着ていたシャツも脱ぎ去ってしまった。

（今度こそ、逃がさない。他の女性にリュシーの面影を重ね、抱いてみようとしたこともあった。けれど、虚しさだけが募り、結局他の女性を抱くことができなかった。他の男のもとへと去ってしまった彼女が憎らしくて、つい他の女性の存在をほのめかしてしまったが、本当はそんな女性などいるはずもない。彼女が会議のために我が国に来ることを知ったとき、私の箍はとっくに外れていたのだ）

王族である権力を使ってホテルの予約を強制的にキャンセルさせ、彼女の宿泊先をこちらのホテルに変えさせた。彼女を父親から引き離し、自分のテリトリーに囲い込んだあとは簡単だった。仕事で疲れているところにつけ込んで、強引に彼女を部屋に連れ込んだ。

実際に彼女ときちんと会話するのは、別れてから初めてのことだった。

フィルはリュシーが非難していた婚約者について、当時は存在していなかったと言いたかった。

しかし、あのとき彼女に身分を告げていなかったことは事実であり、嘘をついたわけではなくとも彼女の信頼を損なっている以上、いまさら真実を告げても信じてもらえるとは思えなかったのだ。

リュシーが身分のことを知っていたとは思わなかったので驚きはしたが、そのことで自分を抑える胸のつかえのようなものは、逆に消えてしまった。

（本当はもっと時間をかけて口説き落とすつもりだった。だが彼女を目の前にして、冷静でいることなどできはしない。記憶にあるよりもずっと美しくなったリュシー。長らく求め続けていた存在がようやくこの手の中にあるのだ。どんな手段を用いても、七日間の滞在中に口説き落としてみせる！）

「あ、あ……あ、あ」

リュシーを揺さぶりつつ、六年もの禁欲期間に、フィルはついに限界を迎える。

「一度、出させて……」

「い……いわ」

リュシーの了承の声にフィルは抑えていた欲望を解放した。長く続く吐精の間、リュシーは身体を震わせフィルの肩にしがみ付いている。内部がうねるように動き、フィルの欲望を搾り取ろうと動く。

「あぁあ。リュシー……」

（私の子を孕めばいい。そうすれば二度と離れようとはしないはずだ。それがどれほど非道なことでも、リュシーを繋ぎとめる枷となるならば、構いはしない）

身体の奥底に吐き出したはずの欲望がすぐに蘇る。自分の吐き出したものの滑りを借りて、フィルは更に大胆に動き始めた。

「まっ……て、いったのでしょう？　休ませ、て……、あぁぁ！」

　再び硬度を取り戻した楔に奥深く抉られ、リュシーの声は言葉にならない。

「フィ……ルぅ」

「次は一緒に」

　リュシーの耳元に囁きかけると、それだけで腰をびくりと震わせる。フィルは堪らず耳朶に噛みついてしまう。首筋を伝い、鎖骨へと伸びるラインは細く、いまにも折れてしまいそうだ。フィルの記憶にあるよりも豊かになった胸も忘れずに触る。小さな蕾を抓み上げると、彼女の声は一層艶を帯びる。

「……ぅは、あ、ああー！」

　リュシーが愛撫に反応する仕草の一つ一つがフィルを煽ってやまない。明日のことを考えればそろそろ休ませてやったほうがいいのはわかりきっていた。

　けれど久しぶりに愛しいひとを腕に抱き、ここでやめることなどできるはずもない。

　リュシーの上げる甘い声に、フィルは頭の奥が痺れたように快感に支配されてしまう。六年の別離がなかったかのように、リュシーの身体は敏感にフィルの愛撫に応えてくれた。そのことが嬉しくてたまらない。

（リュシーは私のことを忘れてはいなかったのだ）

フィルは腰の律動を早め、一気に快楽を高めていく。

「あぁん、……っや、あ、もうッ……」

リユシーが限界を訴え、身体を震わせながら絶頂を極めると、フィルも同時に白濁を放った。しかし、フィルはたゆむことなく腰を動かし続ける。

フィルは、彼女が気絶するように眠りにつくまで求め続けた。

八　思わぬ知らせ

朝の光の中で見るリュシーの姿は、記憶よりも美しく見える。叶うことならこのまましばらく眺めていたい。けれど、そろそろ起こさなければ会議に遅れてしまうだろう。

フィルはしぶしぶリュシーを起こしにかかる。

「リュシー、朝だよ」

小さな呻き声が返ってくるが、なかなか起きる様子はない。フィルはその無邪気な寝顔に我慢できず唇を奪った。

「ん……んぅ」

深い口づけにようやく目を覚ましたリュシーは、眠気に目をこすり、気だるそうに身体を起こす。

「フィル……」

なんとも言えない悲しげなリュシーの表情に、フィルの胸が痛む。

（後悔しているのだろうか？　たとえそうだとしても、もうリュシーを手放す気など

ない）

フィルは罪悪感を胸に押し込んで、笑顔を作った。

「朝食を運んでもらうから、その間にお湯を使っておいで」

リュシーは素直に頷（うなず）くとシーツを身体に巻きつけ、バスルームへ向かった。

そのうしろ姿を見送り、フィルはルームサービスに頼んでおいた朝食を室内に運び込ませた。

焼き立てのクロワッサンやブリオッシュにヨーグルト、フルーツ、コーヒーの匂いが室内に立ち込める。

しばらくするとバスローブに身を包んだリュシーが戻ってきた。

「先に食べるといい。今日も仕事だろう？」

「ええ……」

すこし疲れた様子に罪悪感を覚えつつも、白い肌を上気させる彼女の姿は、フィルを誘ってやまない。

ふわりと鼻腔（びこう）をくすぐるトワレと、リュシー自身の香りに本格的に情欲を感じてしまい、フィルはあわてて自分もバスルームへと逃げ込んだ。

熱くなった身体を冷やすために水をかぶる。けれども思い出すのは彼女の姿ばかりでなかなか情欲の炎は鎮まらない。フィルがようやく身体を洗い始めるまでには少々の時間を要した。

フィルが部屋に戻ると、リュシーの姿はすでになかった。微かな残り香だけが、昨夜のことが夢ではなかったことを証明している。

フィルは気分を切り替えて朝食を平らげ、スーツを身に纏い、王宮へ戻る馬車を呼び出した。隣の部屋に控えていた護衛と共にホテルのロビーに下りる。車寄せに出て、フィルが馬車を待っていると、大きな黒馬に引かれた馬車がゆっくりと近づいてくる。

護衛が座席の扉を開けると、そこにはリックが待ち構えていた。

王宮へ戻れば嫌でも執務室で顔を会わせることになるというのに、よほど急ぎの用事があったのか、リックが迎えの馬車に乗っていたのだ。

（顔色が悪いな。悪い知らせだろうか？）

旧友であり側近を務めるパトリック・セドランが、ここまで来なければならない理由が気にかかる。

「殿下、おはようございます」

「おはよう」

フィルが乗り込むと、馬車は音を立てて走り始めた。

「取り急ぎお知らせしたいことがあり、こうして参りました」

「なんだ?」

「リュシエンヌ・アルヌーについての調査が届きましたので、ご報告に」

フィルはこの男の有能さを思い出していた。

リックはフィルに近付く人間を徹底的に調査する。仕事相手は言わずもがな、それは交際関係にまで及ぶ。王族故の義務かと、半ば諦めの境地にいるが、フィルはやはり若干のうしろめたさを感じていた。

フィルが求めてやまないリュシーに接触したいま、彼女にも調査の手が及ぶことは自明の理だった。

「それで?」

大きなため息と共に、フィルはリックの顔を見つめる。

「彼女には五歳になる子どもがいます。調査員の主観になりますが、殿下によく似た男の子だと……」

「は!?」

あまりに唐突な知らせにフィルは一瞬、リックが何を言っているのかわからなかった。

(リュシーに子どもだと? まさか!)

よくよく思い返してみれば、彼女を初めて抱いたとき、夢中になるあまり避妊を怠っていたことを思い出す。

（まさか、たった一晩で妊娠してしまったのか！　だが、それならどうして彼女は私のもとから去ったのだ？　それほどまでに私のことを嫌っていた？　王族ではないありのままの自分を受け入れてくれる彼女に舞い上がって、身分を正直に告げなかったことは、いまでも後悔している。しかし、それほど私を嫌っていたのなら、堕胎していただろう。リュシーの倫理観がそれを許さなかったのか……？　それとも、私以外の男と？）

フィルは悪い想像にみるみる顔色を失っていく。その様子をじっとリックが見つめていた。

「リュシーは……その子どもをひとりで育てているのか？」

「調査員からの報告書では、彼女のご両親が協力してくださっていると……。王宮に戻れば詳しい報告書がございます」

「王宮へ急げ」

「はっ」

リックは更に頭を下げると、御者へ急ぐよう指示する。

フィルは努めて平静を装った。

（なんということだ。私は自分の息子かもしれない存在を知らずに、この六年間を過ごしてしまったと？）

王宮に到着したことを御者が告げた。

座席の扉が開けられ、フィルは普段からは考えられない、優雅さとはかけ離れた物腰で、外に降り立つ。

ブランシャールにしては珍しく、大粒の激しい雨が降り注いでいた。

近衛兵(このえ)がすかさずかかげた傘を断り、フィルは報告書のある執務室へ急ぐ。うしろからあわててリックがついて来るが、かまわず扉を通り抜け、執務机の上に置かれた報告書らしき書類を手にした。

読み進めるにつれ、どんどんフィルの表情が強張(こわば)っていく。

（ああ、なんということだ！）

フィルは血走った目で報告書を読み進めた。

そこには六年前に、リュシーが大学を辞めて子どもを出産したこと、子どもは男の子で、リュシーが働きに出ている昼間は、祖母と乳母(うば)が交代で面倒を見ていることなどが簡潔に報告されている。

『リュシエンヌ・アルヌー嬢の周囲に男性の影はなく、近所の住人からもそのような話は聞けなかった』

その一文を見た瞬間、フィルの心に一筋の希望が差し込む。

(もし、彼女の子どもが私の子ではないとしても、少なくともいまの彼女に恋人はいないはずだ)

「リック、リュシーの子は私の子だろうか」

「……そうかもしれませんね」

冷静なリックの声に、フィルは苛立ちが募る。

「一刻も早く確認する必要がある」

「御意」

リックは頷くと執務室を出ていく。いつもの有能な側近らしくない態度に、フィルは若干の違和感を覚えたものの、目の前の大きな問題にその違和感は忘れ去られた。

九　戸惑い

「あまり顔色がよくないな……」

父の心配そうな口ぶりに、リュシーは申し訳ない気持ちでいっぱいになる。フィルとの情交のために寝不足だとはとても言えない。

「すこし寝付けなくて。大丈夫だから気にしないで」

「お前がそう言うのならば、それでいいが、気分が悪くなったらすぐ言うように」

「はい、父様」

オーギュストはリュシーを心配そうな目で見つめていたが、気分を切り換えて大事な会議に意識を集中させる。

公人としてふるまうときのオーギュストは、一種独特な空気を漂わせている。その切り替えの上手さと、威圧的ではないが他を圧倒する雰囲気を持つ父をリュシーは尊敬していた。

リュシーは会議に必要な書類をまとめると、オーギュストに手渡した。

「ありがとう」

オーギュストは手渡された書類を確認し、リュシーを伴って会議室へと入った。そこにはすでにセルベラ公国の代表が、ベルナール共和国代表であるオーギュストを待っていた。

「お待たせしたようで、申し訳ない」

「いえ、定刻まではまだ時間があります。私が早く着き過ぎたようです」

セルベラ公国の公子、ジェラルドがオーギュストに言葉をかけてくる。

セルベラ公国はバルディーニ王国から領地を譲り受け、つい数十年前に独立を果たした新しい国家であった。名君との呼び声高いロベルト・フロレス公主の手腕によって、彼の国はあっという間に成長を遂げた。そして、バルディーニ王国に匹敵するほどの経済規模にまでなり、この会議に初めて臨むことになったのだ。

ジェラルドは年齢も三十半ばと若く、公子として公主の補佐を精力的に務めていた。長身に加えて物腰は優雅で、美貌で名高い母親の血を引いていることがうかがえる容姿をしている。

「ジェラルド様の姿を見ていると、とても初めての交渉の場とは思えませんね」

「そうですか？　これでもかなり緊張しているんですよ。特にベルナール共和国でも大臣級と言われるアルヌー政務官との交渉は骨が折れそうです」

「こちらこそ、セルベラ公国の切り札とも言われるジェラルド様相手ではなかなか力を発揮できそうにありません」

そんな会話を交わしているうちに、ブランシュ王国、バルディーニ王国の代表も揃った。

「では、始めましょうか」

リュシーは銀縁眼鏡(めがね)をかけ、意識を秘書としての仕事に集中させる。各国の代表との父のやり取りを懸命に記録していく。寝不足でぼんやりする頭に活(かつ)を入れ、なんとか会議を乗り切った。

休憩時間に議事録に抜けや間違いがないか見直していると、目の前にコーヒーの入ったカップが差し出される。驚いて見上げれば、ジェラルド公子の姿があった。

「すこしは休んだほうがいい。ずいぶんと疲れているように見えるよ」

「ありがとうございます」

リュシーは彼からカップを受け取り、ありがたくいただくことにする。口に含んだほろ苦い液体が、疲れた身体にしみわたる。思わずついた、ほうっというため息に、ジェラルドの笑う気配がした。リュシーが見上げると、好奇心をたたえた視線にぶつかる。

「なんでしょうか？」

落ち着きを装って尋ねるが、リュシーは内心なにか不手際があったのではないかとドキドキしていた。

「いえ、すみません。笑ったりして。あのアルヌー政務官にこのような美しいご令嬢がいたとは……眼鏡をかけるとまた雰囲気が違いますね。どちらも素敵です」

貴公子然としたジェラルドの言葉に、リュシーは狼狽して眼鏡の縁を持ち上げ、ずれを直した。

「眼鏡は、仕事のときにしかかけないのです。……それにもう、令嬢と言えるような年齢ではございません。子もいますので……」

「それは失礼しました。右手の薬指に指輪がないからてっきり独身だと。既婚者を口説いていたとは、思いもしませんでした」

邪気のない笑顔を見せるジェラルドに、リュシーは混乱する。

（口説くって、私を？　既婚者ではないけれど、だからといって真実を告げても余計な詮索を招きそうだし……）

リュシーはあいまいな笑みを浮かべて、にこりと微笑むジェラルドをやり過ごす。

「ジェラルド様はいつもそのように女性に声をおかけになるのですか？」

「いいえ、美しい女性だけです。美しい女性は口説かなければ、失礼に当たります」

「そうなのですか……」

　国柄の違いかもしれないが、ベルナールではこれほどあからさまに女性を口説くことはしないため、リュシーは戸惑ってしまう。

「ははっ。我が国へおいでになることがあれば、お気を付けください。あなたの前にはきっと長い列ができることでしょう」

　爽やかなジェラルドの態度に、リュシーはどう答えればよいものか思案してしまう。

「その辺にしておいていただけますかな。これはあまり異性に慣れておりませんので」

　近付いて来た父の助け舟に、リュシーはほっとして頬を緩めた。

「気分を害したのならば、すみません」

「いえいえ。そこはやはりセルベラ公国のお国柄なのでしょう」

　父と話し始めたジェラルドの注意がそれたことに、リュシーはほっとしながら、ぬるくなりかけたコーヒーを飲みほした。

（あんなに素敵な方に口説かれたというのに……、私の心は凍りついたままだ。いつまでフィルに囚われているのだろうか？）

　リュシーは気を取り直すと、再び議事録に目を落とした。

ていた。

§

リュシーが疲れた身体を引きずってホテルへ戻る頃には、夕食の時間はとっくに過ぎていた。

（ホテルに戻ったら、またフィルに……）

リュシーは恐れと期待を同時に抱いてホテルの玄関をくぐった。受付で自分の名前を告げると、伝言を預かっているという。

従業員が差し出した手紙を恐る恐る開いたリュシーは、予想外の内容に詰めていた息を吐いた。

『大事な話がある。私の部屋へ。Phil』

見覚えのある流麗な文字は、フィルのものだ。

リュシーは自分の部屋の鍵を受け取ると、いったん部屋に荷物を置いてシャワーを浴び、汗を流した。そしてクローゼットからイブニングドレスを取り出し、身に着ける。

化粧を直して鏡を覗（のぞ）きこんだリュシーは、うっすらと赤く染まった顔を見つめた。

（大事な話とはなんだろう。もしかしたら彼はこの関係を続けることを考え直したのか

もしれない）

鏡の中の自分を見つめながら、リュシーは自分に問いかける。

（本当にこのままでいいの？　思わぬ再会から始まった関係に、心を惑わせてはいけない。一生彼への思いに囚われたまま過ごすの？）

リュシーは意を決して部屋をあとにし、フィルの待つスイートルームに向かった。

ノックをすると、スイートルームの扉が中から開けられる。

リュシーは思わぬ人物の姿にたじろいだ。

「リック！」

かつて自分に、フィルと別れるよう告げた人物がそこにいた。

「殿下からお話がございます。こちらへ……」

「いや……」

リュシーは弱々しく首を振り、その足は勝手に来た道を戻ろうとしていた。

かつての苦い記憶が蘇る。

リックの目は冷酷な光をたたえ、リュシーを見下ろしていた。

「殿下がお待ちです」

リックは有無を言わせずリュシーの腕を掴むと、フィルのいる部屋まで引きずるようにして連れて行く。

「やめて、自分で歩けるわ！」

「くれぐれも逃がさないようにと、殿下から仰せつかっておりますので」

リュシーは絶望的な気持ちでフィルの前へ連れられて行く。

フィルの前まで来ると、リックはようやく掴んでいた手を離した。

「リック、隣の部屋で待っていてくれ」

「はい」

リックの姿が隣室に消えたことを確認すると、フィルはリュシーに向き直った。

「確認したいことがある。……君に子どもがいるという報告が上がっているが？」

（とうとう彼に知られてしまったの⁉）

リュシーは目の前が真っ暗になる。

「その子は、私の子どもなのか？」

「違う！」

リュシーは思わず叫んでいた。

（ディオンをフィルに奪われたくない！）

リュシーの脳裏によぎったのは、フィルに我が子を奪われるかもしれないという恐怖だった。その恐怖心から、リュシーは咄嗟に嘘をついていた。

「あの子はあなたの子じゃない。……他に付き合っていたひとの子ども……なの」

嘘を見破られたくなくて、リュシーはフィルから目を逸らした。図らずもリックのついた嘘を認めることになるが、ディオンを守るためならばリュシーはどんなことでもできる気がした。

「ははっ、……やはりそうだったのか！　他に付き合っていたひとがいたのなら、正直に告げてくれればよかったのに」

「そんな……」

フィルの嘲笑がリュシーの心を切り裂く。

（ディオンのために、我慢するのよ……。ディオンが彼の子だと知られたら、彼は復讐のために私からディオンを奪ってしまうかもしれない）

リュシーは溢れ出しそうになる涙を堪えた。

「その男はどうしたんだ？　君はどうしてその男と結婚しなかった？」

「そのひとは……子どもがいることを知らないの。付き合うことを周囲に反対されていたから……」

リュシーは自分のついた嘘にすこしでも信憑性を加えるため、わずかな真実を織り交ぜていく。

「その男は大した腰抜けだな。君のような女を手放すなんて」

「……反対されてまで付き合うほど、私は愛されていなかったの」

口から出た言葉が真実を言い当てていることに気づき、リュシーは眉を寄せる。

(そう。私は真実を打ち明けられるほど、フィルに愛されていなかった……)

「そんな男のことなど、忘れてしまえ！」

リュシーの唇をフィルが荒々しく塞いだ。

「フィル……、やめ……ん」

リュシーの非力な抵抗を容易く封じて、フィルはリュシーの唇を強く吸い上げる。

「償いはまだ終わっていない」

フィルの宣言に、リュシーは絶望を抱いた。同時に快楽の予感も抱き、下腹部がきゅっと疼き始めるのを感じる。

(何度もあなたのことを忘れようとしたの。……それでも、あなたにそっくりなディオンの顔を見るたびに思い出さずにはいられなかった)

フィルの巧みな手がリュシーの服を脱がせていく。リュシーはどこか心の一部が凍りついたまま、フィルの愛撫に身を委ねた。

フィルの口が、あらわになった胸の頂を強く吸い上げる。

「あぁッ！」

「そうだ……。そんな男のことなど忘れて、私の腕の中にいればいい」

（まるでフィルが嫉妬しているみたいに聞こえる。……だめ、勘違いしちゃ。彼はただ手に入れられなかったものを惜しがっているだけ。私のことを好きなわけじゃない……）

リュシーの頬を涙が溢れて顎を伝った。

「リュシー、そんな男のために泣くなッ！」

（どうしてそんな男のために泣くんだ？　リュシーの心はまだそいつのものなのか？）

フィルはリュシーの心を占めるその男が憎らしくて仕方がなかった。フィルの心に自分でも制御できないほどの激しい嫉妬心が込み上げる。

（リュシーが未だにその男を愛しているのは間違いないだろう）

身体だけでもいいからリュシーを手に入れたいと思っていた。けれど、それが大きな間違いだと気づかされる。

（私はリュシーの心が、愛がほしいのだ。私の子を産んでもいいと思ってもらえるほどの愛が……）

唐突にフィルの心に虚しさが込み上げてくる。

（リュシーの身体を知りつくした私には、快楽で彼女の身体を従わせることはできても、心を従えさせることなどできないのだ。彼女の愛を得られなければ、……意味がない）

フィルはリュシーの身体を突き放した。

「……帰ってくれ」

「え？」

豹変したフィルに、リュシーは戸惑っている。

「このままでは、君をひどく抱いてしまいそうだ……」

フィルは、愛を求めてみっともなく彼女に縋りついてしまいそうな己を必死に抑えていた。

「でも……」

リュシーの視線の先にはフィルの昂ぶって量を増した部分が、未だ収まらない欲望を主張していた。

（つらいに決まっている！　それでも、君を傷つけるよりよほどいい）

「いいから、部屋へ戻ってくれ」

リュシーは素早く脱げかけのドレスを直すと、部屋を出て行く。

「は、ぁ……」

フィルはリュシーのうしろ姿を見送って、大きく息を吐き、どさりと身体を椅子に下ろした。

（やはりリュシーに他の男がいたなんて……。しかし、なにか腑に落ちない……果たしてそれは本当だろうか？）

どうしてもフィルには彼女に他に恋人がいたとは信じられない。

自分が抱いたときには確かにリュシーは初めてで、拙いながらも懸命に応えようとしてくれていた。リュシーの性格上、心を許した者にしか身体を許さないはずだ。あの頃、時間が合えば抱き合っていた気がする。

そんな彼女に他の男に気を移す暇などあっただろうか？

考えれば考えるほど、彼女の言葉が不自然に思えてくる。

（やはり、この目で確かめる必要がある）

フィルは立ち上がると、ベルナール共和国へ行くための手筈を考え始めていた。

§

フィルの部屋から自室へ戻ったリュシーはベッドの上で何度も寝返りを打った。

フィルにディオンの存在を知られてしまった以上、彼がいつ真実に気づいてしまうかわからない。

(ディオンを守るには、どうしたらいい? 彼の権力をもってすれば、ディオンを奪うことなど簡単だ……)

答えの出ないまま、リュシーは夜明けを迎えた。

リュシーは会議の準備を始めた。すこし早めに準備が終わったので、リュシーは会議場へ行く前に父の宿泊しているホテルへ寄ることにした。

ロビーでぼんやりと待っているとオーギュストが階段を下りてくる。

「おはよう、父様」

「ああ、おはよう。リュシー」

柔らかくうねる金髪と青色の瞳はあまりリュシーに似ていない。どちらかと言えばリュシーは母親から容貌(ようぼう)を受け継いだらしい。

自分で考えつく対応は全て考えつくした。それでも答えの出ない問いに、リュシーはいざというときには頼りになる父に相談することにした。

「今日の会議が終わったら、相談があるのだけどいいかしら？」

「どうした？　改まって」

「大事な相談なの」

「そうか……、わかった」

オーギュストはそれ以上詮索（せんさく）することなく、手配された馬車に乗り込んだ。

そして無事、その日の会議日程を終えたリュシーは大きなため息をついた。

会議も残すところ四日となっている。各国との取り決めも大枠が決まり、これからは細かい調整になる。大きな山場を越えたリュシーは胸をなで下ろした。


オーギュストと共に彼のホテルに戻ったリュシーは、夕食を一緒にレストランで取り、食後のワインを軽めに楽しんでいた。

「それで、相談というのは？」

穏やかに切り出したオーギュストに、リュシーはこれまで語ることを恐れていた真実を語り始める。

ディオンの父親のこと、その側近の言葉に騙されて身を引いたこと、そしてこの国でフィルに再会してしまったことを余すことなく伝える。

時折険しい顔をしていたが、オーギュストはリュシーが語り終えるまで黙って耳を傾けていた。

「やはり、ディオンの父親はフィリップ殿下だったのか……」

「知っていたの？」

「いや、確信はなかった。実は昔、調べさせたんだ。王子という身分を隠して留学していたようだったから、正体にまではたどり着けなかったが、そういうことだったのか……」

考えに耽り、言葉を発しなくなった父の姿を、リュシーは祈るような気持ちで見つめた。

「それで、お前はどうしたい？」

「私？　私はディオンさえいればそれで……」

父から水を向けられたリュシーは、口ごもる。

「正直に言って、お前をつらい目に遭わせた殿下をディオンの父だとは認めたくはない……。しかし同じ父親として、子どもの存在を知らされなかったらと思うと、可哀そうだな。子どもの可愛らしい時期というのはあっという間に過ぎてしまうものだ。ディオンが成長する様子をそばで見られなかったということは、同情に値する」

オーギュストの言葉に、リュシーは初めてディオンから父親を奪ってしまったことに罪悪感を覚えた。そして同時にフィルからも……

（私は、彼から父親になる機会を失わせてしまったんだ……）

「会議が終わったら、ベルナールへ戻ってレオニーとも相談しよう。だが、全てはお前が決めることだ」

「はい……」

リュシーはグラスに残ったわずかなワインを飲みほした。先ほどまでは確かに美味しかったはずのワインの味がよくわからない。

リュシーは大きなため息をついた。

十　疑惑

目立つことを避けるため、フィルは護衛のみを伴って密かにブランシュを発った。汽車に乗ってリュシーとその子どもの住むベルナールの首都、バスチエへ向かう。そこからさらに小一時間ほどの場所にあるリュシーの生家を、貸切った馬車で訪ねる。

報告書にあった、リュシーの息子がよく遊びに来るという公園。そこで、その子どもが姿を現すのをフィルはずっと待ち構えていた。

そしてフィルが目にしたのは、自分と瓜二つ（うりふた）の顔立ちをした可愛らしい男の子の姿だった。その子どもは、年かさの女性と一緒に歩いてくる。

（この子は……私の子に間違いない）

「ばぁば、はやくぅ」

「ディオン、待ちなさい！　ひとりで先に行っては……」

元気いっぱいの子どもは、リュシーによく似た女性を置いて先に走っていく。

（そうか、ディオンといったな……）

フィルは報告書に書かれた名前を思い出していた。

（ディオンは……やはり私の子だ。私には息子がいたのだ！）

フィルはディオンの姿を食い入るように見つめた。フィルの胸にひたひたと感慨が湧き起こる。

（よくも、私から息子を奪ってくれたものだ……）

同時にリュシーに対する怒りが込み上げてくる。

（どうすればいい？　私の子である以上、引き取って育てたい。これまで過ごすことのできなかった時間を取り戻したい。だがあのリュシーがそれを許すだろうか？）

フィルの脳裏（のうり）にリュシーの泣き出しそうな顔が浮かんだ。

（どうしてリュシーは私の子を身ごもっていながら、私のもとを去ったのだ？　体調を崩したから大学を辞めたと言っていたが、本当は妊娠していたからに違いない。……何かがおかしい。本当にリュシーには他に好きな男がいたのか？）

一度生まれた疑念は、打ち消してもなかなか消えなかった。フィルは改めて詳しい調査を行う必要性を感じていた。ディオンの顔を見れば自分の子どもであることは疑いようがない。それでも客観的な裏付けと真実が知りたかった。リュシーが一体何を思い、ひとりで育てることにしたのか。

(本当にディオンが私の息子なら、リュシーと結婚すべきではないか?)

フィルはじっとその場に立ち尽くしたまま、ディオンと女性が公園から立ち去るのを見つめていた。ふたりの姿が見えなくなると、自分の手がじっとりと汗ばみ、緊張していたことに気づく。大きく息をついて深呼吸し、フィルは公園のベンチに腰を下ろした。肘を両膝につけ、指を組んで今後の対応に思いを巡らせる。

考えれば考えるほど、それが一番いい解決方法だという気がしてくる。

(リュシーが私のもとから去る前、私は彼女とならば結婚してもいいと考えていた。そしてその思いはいまも変わっていない。子どものためならば、彼女も結婚を了承してくれるのではないだろうか?)

フィルは立ち上がると、護衛と共に公園の外に待たせていた馬車に乗り込んだ。

馬車の中では驚くべきことに、またしてもリックが待ち構えていた。

「ようやくお戻りですか」

リックの呆れたような声をフィルはあえて無視した。フィルは側近であるリックにも黙って行動したことを後悔してはいなかった。

この短時間にフィルの足取りを追い、ここまで追いついたのはさすがリックというべきか。

フィルはリックの小言に付き合う暇も惜しかった。ディオンが自分の息子だと認めさせるために必要なことはなんでもするつもりだった。

「リック、もうすこし詳しい身辺調査がほしい。とくにリュシーが大学を去った経緯について知りたい」

「フィル……、それはもう私がすでに報告したはずでしょう？」

珍しく愛称ではなく名前で呼ばれたことにフィルは驚き、片方の眉を上げた。

「別にリックの調査を疑っている訳じゃない。だが、あの子は私の息子に間違いないだろう。だとしたらきちんと引き取って息子として迎えたい。そのためには客観的な証拠が必要だろう？」

「そう……ですが」

フィルはほとんど異を唱えることのないリックの、歯切れの悪い返事に首を傾げる。

「どうかしたのか？」

「いえ、なんでもありません。では、私のほうで調査を手配しておきます。殿下はすぐに本国へお戻りください。勝手に抜け出されては困ります」

「……わかった。すぐに戻る」

リックの合図に馬車が駅に向かって動き出す。馬車が駅に到着すると、リックは切符を手配するために先に馬車を降りて行った。

「ポール」

フィルはここまで行動を共にしてきた護衛の名前を呼んだ。

「はっ」

護衛として馬車に同行していたポールは、馬車に乗り込むとすぐにフィルの前に膝をついた。

「ひとつ頼まれごとをしてくれないか？」

「殿下の頼みでしたら、なんなりと」

「先ほどの子ども、ディオンについて調査を頼みたい」

ポールはフィルの護衛を務める傍ら、主の視線の先にいた男の子の姿を思い出していた。主の幼い頃にあまりによく似た姿からは、血の繋がりを想像せずにはいられなかった。ポールは、詮索することなく頷く。

「どの程度の調査を？」

「リュシエンヌ・アルヌーがベルナール国立大学を辞める直前の行動からディオン・アルヌーが生まれるまでの行動を知りたい」

フィルの声は平静を装っていたが、付き合いの長いポールは主が強い怒りを押し殺しているように感じた。

「承知しました。……ですが、これはパトリック様の領分では？」

ポールの職務はあくまでフィルの護衛だ。護衛が複数いるためポールひとりぐらいが抜けたとしても問題ないとはいえ、通常任務の範囲を超えている。

「リックには本国でやらねばならぬことがある。ベルナールで調査を行うには時間もかかるだろう。調査については万全を期したいのだ。だから信頼できる者に任せたい」

「御意」

ポールは一礼すると馬車を降り、するりとその姿を消した。

ポールの姿を見送ってフィルは大きく息を吐いた。ポールに告げた調査の目的は表向きのものでしかない。

フィルの心には小さな疑念があった。

先ほどのリックの態度にどうも違和感を覚えるのだ。

いつものリックなら、フィルの実子である可能性があれば、徹底的な調査を指示するだろう。それがどうしてか、今回の調査には妙に消極的に思える。リックが自分を裏切ることなどないとは思うが、ディオンのことを考えると、いくら慎重に事を進めても、しすぎと言うことはない。

フィルは切符の手配を終えて戻ってきたリックに気づくと、抱き始めた疑念に気づかれぬように表情を消した。

十一　発覚

王宮へ戻ったフィルは、ポールからの調査報告を待ち焦がれていた。調査指示を出してから二日が過ぎている。そしてようやく今朝、参内（さんだい）したポールから報告書を受け取った。

「ご苦労だった」

「いえ。私は任務を遂行しただけですから」

「ありがとう。できれば君の口から概要を説明してほしい」

「はっ。まず、私はベルナール国立大学へ向かいました。当時の寮の管理人に話を聞くことができました。リュシエンヌ様はある日急に、寮を出たまま戻られることなくそのままご自宅へ戻られたということでした」

ポールは淡々と調査結果を告げていく。

肝心の他の男の存在が気になったフィルは、その点も尋ねた。

「それが、それらしき人物は見当たらなかったのです。当時の大学にいた講師などにも聞いて回ったのですが、殿下以外の話は聞けませんでした」

フィルはリックからの報告との違いに、いよいよ疑念を膨らませていく。

「それから、ディオン様のお生まれについてですが……、五年前の秋ごろだということをアルヌー家の近所から聞いて参りました。どうやら産後の経過が悪かったらしく、郊外の屋敷で療養していたということで、近所の者もよく覚えておりました」

「五年前か……。ということはやはりあの子の父親は私だろうな……」

顔をしかめるフィルにポールは苦笑した。

「殿下……、ディオン様のお顔を見てあなた様の幼い頃を思い出さぬ者はこの王宮にはいないでしょう」

幼い頃から長きにわたってフィルを見守ってきたポールにとって、フィルは敬愛を捧げる王家の一員であり、孫のように見守っていきたいと思わせる存在でもあった。

「詳しくはお渡しした報告書にまとめてあります」

「ご苦労だった。よく休んでくれ」

「ありがとうございます。では、私は下がらせていただきます」

ポールは深く一礼すると、フィルの前を辞した。

周囲に人気がなくなったことを確認し、フィルは大きなため息をつかずにはいられなかった。目を瞑り、考えを整理する。

（リック……。どうして私に隠していたんだ？　これだけの事実が明らかになってしまった以上、あいつに真意を問いただすしかないのか……）

フィルは覚悟を決めて目を見開く。その瞳には強い決意が宿っていた。

「リックを呼んでくれ」

フィルは侍従にリックを呼び出すように告げると、報告書に目を通す。

（リック……、どうか私を失望させるな）

§

微かな望みを胸に、祈るような気持ちで待っていると、やがてリックが執務室の扉から顔をのぞかせた。

「お呼びと伺いましたが？」

「ああ、呼んだ。この報告書を見てほしい」

フィルは持っていた報告書をリックに手渡す。素早く書類をめくっていくうちに、目を通すリックの顔色はみるみる青ざめていく。

「申し開きはあるか？」

地を這うような低い声で、フィルはリックに問いかけた。

「いえ……確かに、私は殿下に嘘をつきました。リュシエンヌ様に殿下以外に交際している男性がいた、と申し上げたのは偽りです」

リックは震える声で答えた。

「なぜっ……！」

声を荒らげるフィルとは対照的に、リックは冷静に答える。

「リュシエンヌ様は殿下に相応しくないと……思いました。ですから、彼女に殿下の身分を告げ、そして殿下にはすでに婚約者がいると言って、別れるよう頼みました」

「婚約者など、……いなかった」

「はい。当時は……ですが」

「リュシーはたったひとりで私の子を産んだのだ……！」

己に対する怒りと、リックに対する怒りがフィルの心中に渦巻いていた。

「それについては、先日の調査で知っておりました。……リュシエンヌ様には大変申し訳ないことをしたと思っております」

「私はっ……そんな彼女に過去の償いを求めて、身体を奪った……。ふははっ、なんという愚かな男なのだ」

フィルは自分を嘲笑うしかなかった。不甲斐ない自分を。

そしてリックに信頼を置くあまり、彼の言葉を鵜呑みにしていた自分を。

「フィル……」

リックは泣き出しそうな顔でフィルの名を呼んだきり、口ごもってしまう。

リュシーにきちんと真実を伝えていれば、リュシーが自分のもとを去ったときに追いかけていれば。もしもこうしていれば、という仮定の話ばかりが頭の中を駆け巡る。

「私はリュシーに謝罪をしなければならない。そして、すぐにもシュザンヌ嬢との婚約を解消し、リュシーとディオンを迎えるつもりだ」

「……はい。それがよろしいかと」

「もうそなたに求める助言などない」

リックは黙ったままフィルの前から姿を消した。

「リック……」

長く自分のそばにいたリックを失った喪失感は、計り知れなかった。けれど、それ以上にリックに対する怒りと、不甲斐ない自分に対する怒りが勝った。

これからしなければならないことは多い。フィルに呆けている暇などなかった。

§

「本当にあなたにはすまないことをしたと思っている」

「フィリップ様……、わたくし、幼い頃からずっとあなたとの結婚は定められたものだと思って参りました。それをいまになって解消とは、いったいどういう理由ですの？」

突然、婚約の解消を告げられたシュザンヌは、動揺もあらわにフィルに詰め寄る。

リュシーに求婚するために婚約を解消したいと告げることを、フィルはためらった。

「すまない……。あなたにはなんの落ち度もない。私の一方的な理由だ。とにかく婚約を解消してほしい」

「ですからその理由をお聞かせください！」

このまま納得するような相手ではないことを思い出したフィルは、渋々口を開いた。

「……あなたと婚約する以前に付き合っていた女性が、私の息子を出産していたことがわかった。私は彼女と結婚し、息子と彼女をこの国に迎えたい。そのためにあなたとの婚約を解消したいのだ」

「ひどいですわ！　フィリップ様。わたくし、ずっとあなたをお慕い申し上げて参りましたのに！」

　シュザンヌは涙を滲ませている。

「すまない……。私が不甲斐ないせいで、彼女は何も告げずに私のもとから去ってしまった。何もかもがどうでもよくなった私は、あなたとならば恋愛感情がなくても穏やかな結婚生活を送れるだろうと思って、婚約を承知してしまったのだ……。あなたには本当にすまないことをしていると思う」

　フィルは自らの傷をあえてシュザンヌに晒した。それが幼馴染で、友人でもあった彼女に対するせめてもの償いだと考えていた。

「わたくしには、もう望みはありませんの？」

　涙を堪えつつも、シュザンヌは琥珀色の瞳を潤ませてフィルを見上げた。

「彼女と再び出会ったいま、私にはもう彼女しか考えられない」

　残酷だと知りつつも、フィルは真実を告げる。

「……だとしても、わたくしもすぐにあなたへの思いを消すことはできません」

「ひどいことを頼んでいるのは承知している。それでも、私は頼むしかない」

　しばらくの沈黙ののち、シュザンヌがようやく口を開いた。

「フィリップ様の意思は固い様子。仕方がありませんわ。解消に同意いたします……」

「ありがとう、シュザンヌ！」

シュザンヌは涙を溢れさせる。

「本当にひどい御方……。早くお帰りになって！　これ以上わたくしが取り乱さないうちに！」

「本当にすまない」

フィルはシュザンヌに頭を下げると背を向けた。

シュザンヌの父であるデュルケーム侯がその様子を苦々しげな顔つきで見守っていた。

「殿下、非常に残念です」

「すまない。シュザンヌにもあなたにも非常に申し訳ないことをした」

「ですが、殿下が選ばれたお相手は外国人と伺っております。そのような方が、このブランシュ王国で上手くやっていけるとは思えませぬ」

黙り込むフィルに、デュルケーム侯は続けた。

「私も娘が可愛いただの父親です。やはり幸せな結婚をしてほしいと思うのが本当のところです。いまの殿下は恋に溺れた、ただの若造だ。そのような方が誰かを幸せにできるとは到底思えません」

あまりな言われように憮然としているフィルに、デュルケーム侯は苦笑する。

「おっと、口が滑りましたな。では、確かに婚約の解消を認めましょう」

「本当にすまない。それから、助言については感謝する」

フィルはなんとか自制心を保ち、デュルケーム家をあとにした。

十二　愛なき求婚

リュシーはフィルに突き放されて以来、彼から接触がないまま数日が過ぎようとしていた。あと二日もすれば会議の開催期間は終わってしまう。

（なんなの？　いきなり顔を見せなくなるなんて……）

リュシーがその日の会議日程を消化し、ホテルへ戻ると、ロビーにフィルが待ち構えていた。護衛に囲まれたフィルを見ると、やはり自分との身分差を思い知らされる。

リュシーの姿を見つけ、立ち上がったフィルと目が合う。

彼の表情を見た瞬間、リュシーは彼が全て知ってしまったことを確信した。リュシーは思わず踵を返し、その場から逃げ出そうとする。けれど彼のほうが上手だった。振り向いたリュジーの進行方向に立ちふさがる人影に、リュシーは逃亡を諦めた。

「リュシー、話がある」

フィルから掛けられた声に、リュシーはのろのろと振り返る。

「部屋で話そう」

「……ええ」

フィルはリュシーの手を掴んだ。逃がさない、というようにその手は強く握られている。

リュシーはフィルに手を引かれ、護衛に囲まれつつ三階のスイートルームへ向かった。

護衛を残し、ふたりで部屋に入っていく。リビングのソファに向かい合って腰を下ろしたリュシーは、黙ったままフィルが口を開くのを待った。

「君が産んだ子は私の息子だ。そうだろう？」

「違うと言ったでしょう？」

「私は先日バスチエに行った。そして、そこで君の息子を見た。あの子は恐ろしいほど私にそっくりだ。だから、私の子ではないという嘘はもう通じない」

リュシーは途端に狼狽した。

「ディオンに会ったの？」

「遠くから見ただけで、彼の前に姿を見せてはいない」

フィルはリュシーをなだめるように、ことさらゆっくりと告げた。

「すまなかった」

「は⁉」

いきなり謝られたリュシーはわけがわからず、目を大きく見開いた。

「君が私と別れたのはリックが頼んだからだということを、昨日ようやく知った。本当にすまなかった」

フィルはリュシーに対して深く頭を下げていた。

（いまさら、何を言っているの？）

言葉を発しないリュシーに、フィルは話を続ける。

「リックが嘘をついていたことも聞いた。君が他の男性と付き合っていたという……」

「やめて！」

リュシーは叫ぶ。

（いまさら謝られたとしても、全てが遅いのよ！　ディオンを産んだとき、あなたはそばにいなかった。それが全てでしょう？）

「詳しく調査させた。勝手に調べたこともすまないと思っている」

（ああ、もうディオンのことを隠し通すことなどできないのね）

「リュシー!?　大丈夫か？」

リュシーの視界が黒く覆（おお）われていく。あわてたようなフィルの声を聞きながら、リュシーは意識を失った。

気を失っていたのはほんの数分のことだった。

視界に飛び込んできたのは、心配そうに顔を曇らせたフィルの姿だった。

「リュシー！」

ようやく目を開いたリュシーの姿に、フィルはほっと安堵の表情を浮かべている。

（そう……、彼はディオンのことを知ってしまったのね）

諦めの念がリュシーの心に湧き上がる。

（フィルはディオンを取り上げようとするだろうか？　けれど、この部屋に入ってから彼の態度を見ている限りでは、彼が強硬な姿勢を取ることはなさそう）

リュシーは寝かされていたソファからゆっくりと上半身を起こした。途端にくらりとめまいが襲ってくる。どうやら寝不足に加えて、貧血を起こしているらしい。

「リュシー、無理するな」

ふらつくリュシーをすかさずフィルが支える。

「それで……、あなたは真実を知ったというの？」

ソファの傍らにひざまずくフィルに、リュシーはきつい眼差しを浴びせた。

「調査では私と付き合っていた頃、君が他の男性と付き合っていたという証拠は見つけられなかった。ディオンの生まれた時期を考えると、私が君と最初に結ばれた時期しかありえない」

「そう……」

（だとしたら、彼はほとんどのことを知っている。私はほとんど彼のことを知らないというのに……）

フィルと別れてから、リュシーは極力ブランシュ王国についての情報を耳に入れないようにしてきた。彼はいずれリックが認めるような誰かと結婚するのだろうと思っていた。王族の結婚ともなれば、隣国とはいえ否が応でも耳に入ってくる。そして、そのときさっと自分は悲しみに胸を痛めることになるのだから、と思っていた。

物思いに沈むリュシーをフィルの声が現実に引き戻した。

「そして、まだ謝らなければならないことがある。君に見当違いな償いを強要したことも許してほしい。これから二度と君から求めない限り、私が関係を求めることはない」

「許しが必要なの……？」

（フィルはこれまで王族らしい傲慢さと強引な振る舞いで、私を散々翻弄してきた。いまさら、私の許しを得ることなんて必要なの？）

「君が私をすぐに許してくれるとは思っていない。だが、どうしても一つだけ聞いてほしい願いがある」

フィルの顔は苦渋(くじゅう)に満ちていた。

「どうか私をディオンの父親として認めてほしい。そして叶うならば結婚してほしい」

リュシーは彼の言葉の意味が一瞬わからなくなる。

（いま、彼はなんと言ったの？　結婚してほしいと？）

「どうして……？」

茫然(ぼうぜん)とするリュシーにフィルは畳(たた)みかける。

「子どもには父親が必要だ。これまで共に育てることのできなかった償いをしたい。いま、君には決まった相手もいないようだし、結婚することがディオンにとって最良の選択だと思う」

結婚の理由が自分を愛しているから、ではなく、子どものためだということにリュシーは思った以上に衝撃を覚えていた。

「婚約者とは昨日、婚約を解消した。リュシー、どうか私との結婚を考えてみてくれないか？」

（やはり彼には婚約者がいたんだ！）

リュシーはあまりの衝撃に頭の中が真っ白になる。

「ふざけないでよ！　あなたは昨日まで結婚を約束したひとがいたというのに、その口で私に求婚するの？」

「リュシー……」

「あのときだって、あなたに相応しくないと思って、身を引いたのに……。ディオンを産んだときだって、私のそばで支えてくれたのは家族だけだった。ディオンを育てるために、仕事だって頑張ってきたのに……。いまさら、あなたにそんなことを言われて、はいそうですかと頷くと思っているなら、大間違いよ！　馬鹿にするのもいい加減にして！」

これまでリュシーがずっと抑え続けてきた不満と怒りが一気に噴出する。リュシーは込み上げる怒りのままに、フィルの胸に向かってこぶしを何度も振り下ろした。

溢れる涙が頬を伝い、ぱたぱたとソファの上に跡を残していく。

フィルはリュシーの怒りを黙って受け止めていた。

リュシーのか弱い力では、鍛えられた体躯はびくともしない。そしてフィルはリュシーの行動をやめさせようとはしなかった。

やがて、激情のままにフィルに怒りをぶつけたリュシーは、力尽きたように、振り上げたこぶしを力なく落とした。

「すまない。馬鹿にしているつもりはない……」

リュシーの涙がすこし落ち着いた頃合いを見計らって、フィルは口を開いた。

「すぐに返事をもらえるとは思っていない。だがディオンにとって何が一番いいのか、考えてほしい」

いまのリュシーがまともに考えることなどできないのは明らかだった。

「話はそれだけ？」

「……ああ」

（怒りが頂点に達すると逆に頭の芯は冷えていくものなのね……）

リュシーは涙を手で拭い、泥のように重い身体をなんとか起こした。

「時間をちょうだい……。すぐには決められないわ」

「わかった。部屋まで送ろう」

「ひとりで大丈夫よ」

リュシーの拒絶を感じ取り、フィルはそれ以上の無理強いは諦める。

リュシーはなんとか自分の部屋へ戻ると、ベッドに倒れ込んだ。

（もう、どうしたらいいのかわからない）

長い間溜めこんでいた怒りを吐き出してしまったいま、リュシーの心と身体は抜け殻のようだった。

（彼に黙って身を引いたことは間違いだったのだろうか？　でも、彼は私に本当の身分を隠していたし、婚約者までいたのよ！　ディオンの存在を知ったからといって、すぐに結婚を申し込んでくるなんて……。それに、どうして彼は私を抱いたの？　やはり私のことを軽んじているとしか思えない。婚約者がいるとはっきりわかっていたら、決して身を委ねたりなどしなかったのに！）

リュシーの眦に再び涙が滲み始める。

（彼が私をいまでも求めていると勘違いして、身体を許してしまったなんて、私はなんて愚かなの！　だけど、ディオンを産んだことだけは後悔しない。あの子は私にとってかけがえのない愛しい子。決して彼に、ディオンを奪わせるわけにはいかない）

怒りと不安と悲しみに、混乱をきたしたリュシーの意識は闇に呑み込まれ、夢も見ない深い眠りへと誘われた。

十三　王宮の嵐

フィルはリュシーが去ったあと、なんとも言えない虚しさを抱えていた。

（いまさら、彼女へ愛を囁いて結婚を承知してくれるとは思っていない。そう、私はデュルケーム侯の言うとおり王族としての務めも忘れ、リュシーに夢中なのだ。彼女がいない将来など考えられない。だから、子どもを理由にリュシーに結婚を迫った。果たしてそれが正解だったのか……）

（あれでよかったのだろうか？）

「殿下？」

物思いに耽るフィルを、護衛の声が引き戻す。

「ああ、すまないがこれから王宮へ帰る」

「承知しました」

護衛は頷くと手配のために部屋を出て行く。

（同じ屋根の下にいながら、リュシーに触れられないことは拷問に近い。けれど、ここで彼女に対して無理を強いれば、全てが水の泡になってしまうだろう。ならばいっそ彼女に触れられないように、距離を置くほうがいいのかもしれない）

フィルは断腸の思いでホテルをあとにした。

§

翌朝、フィルは朝食のために集まった家族に向かって、食事のあとに話があると切り出した。

「いったいなんの話かしら？」

食後のコーヒーを楽しんでいた、王太子にしてフィルの姉であるブリジットは、突然の弟からの話に首をかしげている。

「おととい、私に五歳になる息子がいることが判明しました。つきましては、息子の母親との結婚を認めていただきたい」

フィルは率直にリュシーとディオンのことを打ち明けた。

「なんですって？　フィル、あなたシュザンヌと婚約までしておきながら！」

フィルの告白にブリジットが叫び声を上げた。

「私は当時彼女に自分の身分を告げていませんでした。そして、リックは彼女が妊娠していることを知らずに、私の身分と、婚約者の存在を理由に別れを迫ったのです。彼女は婚約者がいるというリックの嘘を信じて私のもとを去ってしまった……」

　女王である母エレオノールは、女王に相応しい貫禄でフィルを見つめていた。エレオノールの王配にしてフィルの父ラザールも、エレオノールの態度にならって静観を決めたようだ。

　フィルの落ち着いた態度とは対照的に、ブリジットは激昂していた。

「信じられないわ！　女性を妊娠させた挙句、放っておくなんて！　しかも、あのリックがそんな真似をしていたなんて！」

　フィルは黙ってブリジットの言葉を受け止めている。

「それくらいになさい！」

　ブリジットの叫びを女王の一声が遮った。

「フィル、確認させてちょうだい。あなたが留学先でお付き合いしていた女性を妊娠させたのは確かなのね？」

「はい、女王陛下。仰せのとおりです」

　フィルはポールの作成した報告書を母に差し出した。

「まあ、これは……」

書かれた内容に加え、幼い頃のフィルにそっくりだというポールの私見はエレオノールを沈黙させた。

「あなたの子供だということは間違いなさそうね」

「はい……私がこの目で確かめました」

「それで、どうしてあなたは彼女のあとを追わなかったのかしら？　そんなに不甲斐(ふがい)ない子に育てた覚えはないのだけれど？」

痛烈な母からの当てこすりに、フィルは苦虫(にがむし)をかみ潰したような顔で答える。

「私は、彼女に他の男性がいるというリックの言葉を信じてしまいました。ですが、正直なところを言えば、彼女に会って拒絶されるのが恐ろしかったのです」

「そう、あなたはそれくらいで彼女を諦めたわけね……」

エレオノールは呆れたようにため息をついた。

「しかも、ようやく婚約したと思ったシュザンヌ嬢とも婚約を解消するなんて……」

「それについては、デュルケーム侯から了承を得ております」

「そう……、わかりました」

エレオノールは受け取った報告書をひとしきり眺(なが)めると、顔を上げた。

「では……？」

リュシーとの結婚を認めてくれるのかと、フィルは浮足立つ。しかし、そんな愚かな男を女王の声が断罪した。

「フィリップ・カリエ・ブランシュ！　そなたは軽々しく女性を妊娠させ、六年もの間放置してきたのです。同じ女性として、そのような扱いを断じて許すことはできません。彼女とそのご両親に謝罪をし、皆の許しを得るまでこの国の地を踏むことを禁じます」

「陛下……」

国外追放という予想以上に重い処分に、フィルは茫然とする。家族の間に沈黙が下りた。

「フィル！　ひとの心の痛みのわからぬ者に王国を、この国に住まう者を守る強さがあるとは思えません。恋はひとを愚かにするといいますが、ここまで愚かだとは！」

「ブリジット、それくらいで……」

ラザールが王女の叱責をたしなめた。

「わたくしも恋に溺れたことがないとは言えぬ身。そなたの気持ちはわかります。けれど、あなたはその女性から愛されぬことを恐れ、逃げたことを償わなければなりませぬ」

エレオノールの母としての言葉にフィルは頷く。

「もちろんです。必ず彼女の許しを得てこの国へ連れて参ります」

「馬鹿者（ばかもの）！」

　女王の怒声（どせい）が部屋に響いた。

「そなたの一方的な気持ちを押し付けることが愛なのか？　それで彼女を幸せにできると？　真に彼女を愛するならば、もし彼女に他に愛する男がいれば黙って身を引くことが正しいことかもしれぬ。そなたにそこまでの器量があるのか？」

「……リュシーが他のひとを愛する？」

　愕然（がくぜん）とする息子の姿に、少々きつく言いすぎたかと思っていると、フィルは顔を上げてエレオノールの目を見つめた。そっくりな緑色の瞳が交差する。

「私は彼女を諦められない。けれど、彼女の愛するひとが他にいるのならば、黙って身を引くことをお約束します」

「ならばよい。そなたが彼女の愛を得て帰って来る日を待っておるぞ」

　母の言葉を胸にフィルは立ち上がる。

（これまでの愚（おろ）かな自分をリュシーは許してくれるだろうか？　……たとえ許してくれなくても、私は私にできることをするしかない）

「行って参ります」

　フィルは家族の想いを背に、足早に歩き出した。

十四 帰国

経済会議での交渉は無事に終了し、リュシーとオーギュストは予定どおり会議場を発ち、ブランシャールからバスチエを結ぶ汽車に乗り、母国への帰路を辿っていた。

フィルからの求婚はリュシーに想像以上の混乱をもたらした。

求婚に対する返事を決めかねていたリュシーは、ぼんやりと外を眺めた。

見慣れた風景が近づくにつれ、早く息子に会いたい気持ちが込み上げてくる。

数時間をかけて列車がバスチエの駅に到着すると、リュシーは自国へ戻った安堵によ
うやく肩の力が抜ける。ほんの数日の出張がひどく長く感じられた。

いったん父と共に仕事場へ戻り、リュシーは会議の結果報告書を作成することにした。

事務所では、秘書官がふたりの帰りを待ちわびていた。

父の重用している秘書官に無事に子どもが生まれたという嬉しい報告があり、リュシーは改めてこの出張を引き受けてよかったと思い直す。会議の開催期間中に、必要な書類は大方まとめ終えていたので、秘書官の助けを借りると元老院へ報告する書類はす

ぐに仕上がった。

大きな荷物とディオンへのお土産(みやげ)を抱えて、リュシーは家の扉をくぐった。

「ママン！」

ダークブラウンの髪をした小さな男の子がリビングの扉を力いっぱい開け、飛び出して来る。

「ディオン！　ただいま」

リュシーは温かな身体を抱きしめた。小さな身体から立ち上る甘いお菓子の香りを嗅(か)ぐと、本当に家に帰ってきた実感が湧いてくる。

「ママン、おかえりなさい」

「お土産を買って来たのよ」

「うん。楽しみー！」

はしゃいでいる息子にリュシーの頬は笑み崩れる。リュシーのうしろから来たオーギュストも、ディオンの姿に頬が緩(ゆる)みっぱなしだった。

「ディオン、ただいま」

「じぃじ、お帰りなさい」

「いい子にしていたか？」

「うん」

元気よく頷くディオンに、オーギュストも嬉しそうにしている。

リュシーはディオンと手をつなぐと、開けっ放しになっていたリビングの扉を通って部屋に入った。

「あら、お帰りなさい。リュシー、あなた」

レオニーは夫と娘を出迎えた。

「ただいま、レオニー」

オーギュストは手にしていた鞄を床に置き、まずは妻とただいまの抱擁を交わした。

リュシーは鞄からお土産を取り出し、ディオンに手渡す。

「わあい！」

ディオンは歓声を上げ、受け取る。

「ディオン、どう？　気に入ったおもちゃはあった？」

「うん、ママン。このブロック面白いな。買ってくれてありがとう」

「どういたしまして。じぃじもお土産を買ってくれたから、あとでちゃんとお礼を言うのよ」

「はあい。ねえ、ママン。お礼をしたいんだけど……」

ディオンはリュシーに抱きつき、お礼のキスをしたいとせがんだ。リュシーがディオンの目線に合わせるように屈むと、ディオンが柔らかな唇を頬に寄せる。

(こんな風に素直に甘えてくれるのは、あと何年くらいなのかしら)

一抹の寂しさを覚えつつ、リュシーはディオンが新しいブロックで遊ぶ様子を見守った。

「あ！　そうだ、じぃじにも！」

「ああ」

オーギュストは嬉しそうに、身を屈めた。

途端にディオンが抱きついて頬にちゅっと音を立ててキスをする。

「じぃじ、おひげ痛い～」

ディオンを抱きしめたオーギュストのひげが柔らかな頬に当たり、ちくちくする感触にディオンは抗議の声を上げた。

「ははは っ！　もっとぐりぐりしようか？」

「やだぁ」

「あなた、それくらいになさいな」

レオニーがたしなめると、オーギュストは抱きしめていたディオンから手を離した。

「ママン！　今日の夕ご飯は何かなぁ？」

リュシーに駆け寄ったディオンが無邪気に尋ねてくる。

「さあ、何かしら？　ディオンの好きな料理かな？」

「今日はガチョウのコンフィよ」

レオニーがキッチンへ戻りながらメニューを告げると、ディオンは跳び上がって喜んでいる。

「やったぁ！　ぼくだーいすき」

「デザートはイチゴのシャルロットなの」

「それは美味しそうね」

リュシーはデザートが自分の好物のケーキと聞いて、頬を緩めた。

「ぼくの好きなものばっかりだ！」

「頑張ってお留守番していたご褒美ね」

リュシーとディオンは顔を見合わせて笑った。

「ママン、だあい好き。寂しかった」

突然抱きついてきたディオンの告白に、胸が痛む。

「私もディオンがだあい好きよ。とっても寂しかったわ」

離れていた隙間を埋めるように、リュシーはディオンを抱きしめる。

「うん」

リュシーはディオンの髪を撫でる。その手触りに、リュシーはフィルを思い出してしまう。

「どうかした？」

動きを止めたリュシーを訝しがったディオンが、顔を上げる。

「ううん。なんでもない」

リュシーは、ただそう言って笑みを浮かべた。

十五　求婚者

来客を告げるベルの音に気づいたリュシーは、玄関に向かった。

「はあい。どなた？」

そこには、リュシーの想像していなかった男の姿があった。

「フィル！」

「こんにちは。リュシー」

数日前に求婚したときとは見違えるほど、なにかが吹っ切れたような朗らかな様子で、我が家の玄関に立つ男の姿に、リュシーはうめき声を上げた。

「どういうつもり？」

「リュシーとご家族に許してもらえるまで、……国外追放になった」

「それって、どういうこと？」

フィルはリュシーの疑問を遮る。

「詳しい話がしたい。家に入っても？」

リュシーは咄嗟に振り返った。いま、家の中にはディオンがいる。

（ディオンを父親に会わせてもいいの？）

「あら、あなたがディオンの父親なのね？」

「母様⁉」

階段を下りてきた母がフィルに声を掛けた。

母がフィルを見る目つきは、見知らぬ他人を見るものではなかった。リュシーはその様子を訝しく思ったが、口をはさむ隙もない。

「フィリップ・カリエ・ブランシュと申します。リュシーのご両親に挨拶に参りました。家の中に入ってもよろしいですか？」

「ええ、どうぞ」

「母様！」

勝手に話を進める母に向かって、リュシーは抗議の声を上げる。しかし母レオニーは意に介さずフィルをリビングへと案内してしまった。

「あなた、ディオンの父親が挨拶に来ましたの」

「君が、ディオンの父親か……」

オーギュストは青色の瞳に剣呑な光を宿してフィルを睨みつけている。

　フィルはそれまでリュシーに向けていた注意をアルヌー夫妻に向け直し、深く頭を下げた。

「長い間、ディオンの存在を知らず不義理をしてしまったこと、深く謝罪致します。本当に申し訳ありませんでした。これまでの罪を償い、ディオンの父として認めていただけるまで、どのようなことでもする所存です」

　王族らしい優雅さを失わず、フィルは毅然とした態度でリュシーの両親と対峙していた。

「ジョゼット、すまないがディオンと一緒に二階で待っていてくれないか？」

　オーギュストは有無を言わせぬ強さで、乳母にディオンの世話を頼む。

「承知しました。オーギュスト様。さあ、ディオン。上で遊びましょう？」

　ディオンはリュシーから離れがたい様子を見せていたが、ジョゼットの誘いに頷いた。上手くディオンの気を逸らせることに成功したジョゼットは、二階に姿を消した。

「さて、はじめまして？　殿下」

　普段は穏やかそのものの父が、ピリピリするほどの怒気を放っている。

「まさか、リュシーをあのような目に遭わせたのが殿下だったとは、先日娘から聞かされるまで知りませんでしたよ。よもや、謝罪したくらいで許されるとは思っていないでしょうね」

「それはもちろんのことです。それでも、謝らずにいられません」

フィルは顔を伏せたままでいる。

「ふん。いま頃顔を見せるくらいなら、なぜリュシーがひとりで妊娠中の苦しみに耐えていたときに来なかったのだ！　知らなかった、ではすまないぞ！」

オーギュストは激昂していた。

「リュシーがディオンを産んだ直後は、なかなか回復できずにいたのだ！　それをいま頃のこのこと！」

オーギュストは怒りのままにフィルに手を上げる。

「父様!?」

「あなた！」

リュシーとレオニーの悲鳴の声が上がる。

バシッ！

フィルは避けられたはずのこぶしをあえてその頬に受けた。軽くよろめきながらも頭を下げたまま、謝罪の姿勢を取り続ける。

「ふん」

オーギュストは殴った手を下ろすと、冷たく言い放った。

「頬のあざが消えるまで、この家の周りをうろつくな」

「はい……」

フィルは頷いて立ち上がると、リュシーの家を立ち去った。

嵐が去ったリビングでは、父の意外な姿にリュシーが呆気に取られていた。

「父様……」

父があれほど自分のために怒ってくれるとは思ってもいなかった。

「あなた、手は大丈夫？　もう若くないんだから、あまり無理しないで……」

あんなことがあったあとだというのに、調子の変わらない母の様子に、リュシーは肩の力が抜ける。

「ああ、まあ。大丈夫……だろう」

いささか怪しい。

「もう……。何か冷やす物を持ってきます」

レオニーは立ち上がるとキッチンのほうへと姿を消した。

「父様、ごめんなさい。心配ばかりかけて……」

「リュシー、いつまで経ってもお前が私の娘であることには変わらないよ。いくら彼がお前の妊娠を知らなかったとはいえ、私が許せなくて手を出したことだから、お前は気にするな」

「……ありがとう」

リュシーは滲んだ涙を手で拭き取った。

「これで数日は近付かないだろう。その間に、お前がどうしたいのか決めればいい」

「うん。本当にありがとう、父様」

リュシーはオーギュストに抱きつくと、頬に軽く感謝のキスを落とす。そしてそのままディオンの様子を見に二階へ上がる。

リュシーはディオンの部屋の扉を開け、おもちゃに夢中になっている息子に近付いた。

「あら、リュシー様。もういいのですか？」

「ええ、ジョゼットさん、ありがとう」

リュシーが姿を見せると、ジョゼットはリュシーに場所を譲り、部屋を出て行った。

「ねえ、ママン」

「なあに？」

「あのひとがぼくのパパなの？」

いきなり核心を突かれ、リュシーは逡巡した。けれど出会ってしまった以上、隠しておけることではない。観念して真実を話すことを決意する。

「……そうよ」

「やっぱり！　ぼくすぐわかったよ。……でも、どうしていままでぼくはパパに会えなかったの？」

「それは……、パパはディオンのことを知らなかったのよ。ママンが教えなかったの」

「どうして？」

幼さゆえの残酷さで、ディオンは次々と問いかけてくる。いつかはこういうときが来るだろうと思っていたが、存外それは早かった。

「その頃、パパはまだ勉強中だったし、忙しくてママンとディオンを支えられるほど余裕がなかったの。だからママンは言わなかったの……」

（結局、それが真実なのだろう。あのとき、きちんとフィルに話をしていれば、結果は違ったかもしれない。けれど、私は周囲に反対されてまでフィルのそばにいる勇気を持てなかった。いまもまた一歩を踏み出せずにいる。私は彼に愛されていないから……ディオンのためには、フィルという父親のいる環境のほうがいいのはわかっているのに）

「ふうん」

思考に気を取られていたリュシーは、ディオンに見つめられ、あわてて意識を目の前に集中させる。

「じゃあ、あのひとはこれからぼくのパパになるの？」

「どうかな……。ディオンはあのひとがパパになってほしい？」

「まだ、わかんない。あんまり話もできなかったし……。でもぼくのことすごく優しい目で見てた」

「そう……」

（少なくともディオンは彼のことを嫌ってはいないようだ。だとすれば、もうすこし様子を見たほうがいいかもしれない。それに、私も一度きちんと彼と話をすべきだろう。いい加減、このあいまいな関係に終止符を打たなければ……）

「さあ、そろそろ夕飯にしましょうか」

「うん」

ディオンは元気よく返事をして、遊んでいたブロックを片付け始めた。ジョゼットと一緒に三人で階下に下りると、いい匂いが漂ってくる。

夕食を取りながら、交わされる会話は先ほどの混乱がなかったかのように和やかに進んでいく。

「汽車に乗ったの？」

「そうよ」

話は自然とブランシュ王国への出張の話題になる。

「いいなぁ。ぼくも乗りたい！」

「じぃじが乗せてやろう」

「わあい！」

「もう、あなたったら」

家族の夕餉の席から笑いが途絶えることはなかった。

十六　告白と決断

フィルが再びリュシーの家に姿を見せたのは、父の予想どおり数日経ってからのことだった。

「こんばんは。リュシー」

フィルは手に花束を持っており、玄関に出たリュシーにそれを差し出す。

「こんばんは。あの、とりあえず、入って……」

リュシーがフィルを家に招き入れると、彼は花束をリュシーの手に押し付けた。

「ありがとう」

色とりどりの薔薇(ばら)やカーネーション、ガーベラやダリアなどがふんだんに使われた豪華な花束だ。花から香るいい匂いに、リュシーは気づかぬうちに笑みをこぼしていた。

表情の変化に気づいたフィルもまた嬉しそうに微笑む。

「とりあえず話がしたい。それからディオンとも話ができればいいと思っている」

「わかりました」

リュシーはフィルを連れてリビングへと向かう。ちょうど、オーギュストとレオニーが食後のコーヒーを楽しんでいるところだった。

「殿下がお見えになりました」

「どうぞそちらにお座りになって」

レオニーがソファをすすめると、フィルは遠慮がちに腰を下ろした。

リュシーは花束を水につけ、フィルの分のコーヒーを用意し始める。そして彼女が席に着くと、オーギュストが口を開いた。

「早速だが、リュシーからおおよその話は聞いている。だが、君の口から真相を知りたい」

オーギュストは先日の激昂が嘘のように、落ち着いた口調でフィルに問いかける。その声に促されるように、フィルは語り出した。

「私が、リュシーと出会ったのはベルナール国立大学へ留学中のことです。偶然見かけたリュシーに一目ぼれして、ずっと交際を迫っていました。けれど、彼女からはなかなかよい返事がもらえず、拝み倒して恋人になってもらったのです。そのとき、私は自分の身分をリュシーに告げませんでした。それは安全上の問題という理由もありましたが、なにより、私は初めて王子ではないただの男として受け入れてもらえたことに浮かれていたのです。身分を告げたならば、リュシーが私のもとを去ってしまうと感じていました」

そこでフィルはコーヒーで口を湿らせる。

「そして、そんなときに私はリュシーから別れの手紙をもらい、側近であるリックから、リュシーに他の男がいるという話を聞きました。私はその嘘を信じてしまい、リュシーに連絡を取らなかったのです」

フィルは苦渋(くじゅう)に満ちた表情で言葉をしぼり出す。

「殿下には婚約者がいると聞いていたが、それでも娘に求婚するのかね？」

「殿下はやめて下さい。いまの私は女王から国外追放された身です。ただの男として扱っていただいて構いません。ディオンの存在が明らかになってすぐに婚約は解消しました。いまは求婚するのに、なんの障害もありません」

「よく周囲が許したな……」

オーギュストは感嘆の息を漏(も)らす。

「私はこれまでの償(つぐな)いをしたいと思っています。叶うなら、リュシーとディオンをブランシュ王国へ迎えたいと思っています。どうか、私に機会を与えて下さいませんか？」

フィルはオーギュストに向かって頭を下げた。

「それは、私が決めることではない。全てはリュシー次第だ」

皆の視線が一気にリュシーに集中する。

「私は……、ディオンのためには父親がいたほうがいいと思う。でも、せっかくここまで仕事を頑張ってきたし、父様や母様にもまだ恩返しできていない。だから……、フィルとは結婚できない」

(それに、彼は私を愛しているとは一言も言っていない。愛されていないのに、結婚するなんて耐えられない)

「リュシー、君の仕事ぶりは、先日の会議に出席した関係者からも有能だと聞いている。きっとその能力はブランシュでも役に立つだろう。だが、君がこの国にいることを望むなら、私が王族の籍を捨て、ベルナールへ移住しよう」

「そんな！」

オーギュストはフィルの決断に驚いていた。

(王族の籍を捨てるなんて！)

リュシーも、彼がそこまでするとは思っていなかった。

「別にかまわないさ。私は王太子ではないし、わざわざ古臭い風習にとらわれて暮らす必要はない」

「……」

突然の話に戸惑いを隠せないリュシーに、レオニーが助け船を出す。

「この先はふたりでゆっくりと話し合ったほうがよさそうね。ディオンとも会っていくのでしょう？」

「ええ、ぜひ」

フィルが頷いたので、とりあえずリュシーは二階で遊んでいるディオンのもとへ案内することにした。

部屋の扉を開けると、ディオンはちょうどブロックで遊んでいるところだった。

「ママン、なあに？　あ、この間の！」

ブロックに集中していたディオンが振り返り、フィルの姿を見つけて駆け寄る。

「ああ、こんばんは。ディオン君。会うのはこれで二度目だね」

「こんばんは」

ディオンは礼儀正しく挨拶をすると、すぐにリュシーのうしろに隠れるように張り付いた。

「私はフィリップ・カリエ・ブランシュと言う。君の父親だ。パパと呼んでくれたら嬉しいが、難しかったらフィルと呼んでくれるかい？」

「……フィル？」

ディオンは戸惑いつつもフィルの名を呼ぶ。

フィルはディオンの呼びかけに頬を緩ませた。

「私も君のことをディオンと呼んでもいいかい？」

「うん」

ディオンは戸惑いもあらわにフィルの顔を見上げる。見つめ合う水色と緑色の瞳。

リュシーはふたりの似通った容貌に、改めて血の繋がりを強く感じていた。

「フィルは……、ぼくが要らなかった？」

ディオンは父親と同じ強い視線でフィルを見据えながら問いかける。

フィルはこの問いにきちんと答えなければならないことを本能的に感じ取り、真摯に受け止めた。

「まさか！　リュシーが君を産んでくれたことを知って、とても嬉しかった。だから、遅くなってしまったけれど、こうして君に会いに来た。ディオン、本当にすまなかった」

そう言って頭を下げたフィルに、ディオンは納得したのか、それ以上問いを発することはなかった。

リュシーは、そんなふたりのやり取りを心配しながらも背後から見守っている。

「これから私と仲良くしてくれると嬉しいな」

「フィルが……ママンを大事にしてくれるなら……」

「それは、もちろん。君のママンはすごく素敵なひとだ。ディオンはすごくいい子だね。それは君のおじいちゃんや、おばあちゃんのおかげだろうね。でもなにより、ママンが頑張っているからだろう？　そんなすごいリュシーを、私は大好きなんだ。だから結婚を申し込んだんだけど、断られてしまった。でも私はまだ諦めないよ」

「そう……」

ディオンは複雑そうな顔をしたあと、リュシーに駆け寄った。

「ねえ、ぼく、下に行っていい？」

「ええ、いいわよ」

リュシーはディオンの戸惑いに気づき、この場所から去ることを許す。

ディオンはすぐに部屋を飛び出した。

「嫌われてしまったかな……？」

すこし落ち込んだ様子で、フィルはリュシーの顔を見下ろした。

ふたり取り残されてしまったリュシーは、居心地の悪さを感じながらもフィルの言葉を否定した。

「戸惑っているだけだと思う。いままで近くに男性は父様しかいなかったから、どうしていいのかわからないのでしょう……」

リュシーの心は再び、この数年間ディオンから父親と呼べる存在を奪ってしまっていた罪悪感に囚われていた。

フィルは顔の曇ったリュシーを見ていられず抱きしめた。

「君のせいじゃない。私が至らなかったせいなんだ。ごめん、リュシー。ディオンはすごくいい子に育っていると思うよ。礼儀正しいし、きっと君の教育が良かったんだろうね」

ディオンを育ててきた苦労がすこしは報われた気がして、リュシーの涙腺は緩んでしまう。

「リュシー、泣かないで……」

フィルは思わずリュシーの眦に滲んだ涙に唇をあて舐め取った。

「私……、ちゃんと育ててこられたかな……。ディオンはすごくいい子で、我慢ばっかりさせてるんじゃないかと思って、不安になるの。もっ、もっとわがままを言ってほしいのに、い、いつも私のことを気にしてくれて……」

いよいよ涙が溢れ止まらなくなったリュシーは、嗚咽を堪えながらこれまでの不安をフィルに吐き出した。

フィルは、リュシーにこんなに心労をかけていたのかと、改めて申し訳なく思った。

腕の中のリュシーは折れそうなほど細く、儚げな風情を見せている。

（リュシーを守ってあげたい）

急に湧き上がった愛しさに、フィルは一層強くリュシーを抱きしめたくなる。彼女が求めない限り、関係を求めないと言ったことを後悔しそうになったが、やはりリュシーの信頼を得るのが先だと思いなおした。

そっと背中を撫で、リュシーの気持ちが落ち着くのを待つ。

「大丈夫だよ。君の御両親も一緒に育てて下さったから、あんなにいい子に育ったのだと思うよ。君は一人じゃない。これからは私も手伝わせてくれると嬉しいが……」

リュシーはフィルの言葉を聞いて我に返り、腕の中から抜け出す。フィルは温もりが消えたことに寂しさを覚えつつも、無理に引き止めなかった。

「あなたと結婚するのは無理よ……」

「問題があるなら、解決する。不安があるなら言ってほしい」

「そもそも外国人である私が、ブランシュで受け入れてもらえるはずがないわ。だからと言ってあなたに王族をやめてほしいとは思わない」

「受け入れてもらえないなんてことはない！　リュシーはちゃんとした家庭に生まれた素敵な女性だし、何よりディオンの存在がある。ディオンにはきちんとした環境を用意してあげたい」

フィルはきっぱりと反論する。

「女王様はディオンの存在を認めて下さるかしら？」

「もちろんだ。すでにディオンの報告書を見せてある。あの子は私の幼い頃にそっくりなんだ」

「それでも、私はあなたのそばで生きて行く自信がない……」

「ならば、私は王族であることを捨てて、この国に住む」

ふたりは距離を置いて睨（にら）み合った。

「そんなこと無理よ」

「どうして？」

「あなたに王族以外としての生活ができるとは思わないから」

「そんなことはない。我がブランシュは王国といえど、れっきとした議会もある。使えない王族を養ってくれるほど甘くはない」

「そんなこと、女王様がお許しにならないでしょう」

リュシーは暗く笑った。

「いや、君や家族の許しを得るまでは国外追放だと言われている。つまり、君の返答次第によってはずっと国に戻らなくてもいいという母上の配慮だと思う」

「そんな……」

リュシーには女王がそこまでよくしてくれる理由がわからない。

「経済的なことなら心配はいらない。私は王都にいくつか不動産を持っているし、会社も経営している。さすがにこちらに移住するならば、誰かに会社を任せなければならないだろうが、不動産の賃料だけでもかなりの収入になる。君たちを路頭に迷わせるようなことにはならない」

「そういうことじゃないの！」

「何が不満だ？」

「ディオンのためだけに結婚したくない。私だって、幸せになりたい……」

ようやく漏らしたリュシーの本音に、フィルはたじろいだ。

（私ではリュシーを幸せにできないと？　もう、彼女は私のことをすこしも思っていない？）

足元がガラガラと音を立てて崩れ落ちるような感覚に襲われ、フィルは途方に暮れる。

「……そんなに、私のことが、嫌いか？　結婚を考えられないほど？」

「だって、他の女性と婚約していたのでしょう？　その方を愛していたから結婚するつもりだったのでしょう？　それを知ってあなたのそばにいられるほど、私は強くないの……」

　リュシーの告白に、フィルは落ち込んでいた気持ちを急浮上させる。

（彼女は私の愛を求めてくれている？）

「リュシー、婚約者だったシュザンヌとは幼馴染で、気心も知れている。結婚しても穏やかな生活を送れると思ったから承知しただけだ。それもつい最近のことで、君が私のもとを去ったときに、婚約者がいたというのはリックの嘘だ。君が手に入らないなら誰だってかまわなかった。愛などなくても生きていけると思っていた。だが、君と再会した瞬間、わかったんだ。もう君なしではいられないと」

　フィルは観念してこれまでの女性関係を暴露した。すこしでも彼女の心を得るためには、恥を忍んで真実を告げるしかない。

「そんな……」

　思いがけないフィルの告白に、リュシーの気持ちは揺らいでいるように見えた。

「……あのとき、償いという口実で君を抱いたとき、私は故意に避妊をしなかった。君を繋ぎとめておくためなら、妊娠させてもいいとまで思っていた。浅はかな男で……すまない」

「それは、大丈夫だったの。きちんと生理が来たから。でも二度と望まない妊娠はしたくない……」

　フィルはリュシーの思いがけない告白に、彼女が自分の思っていた以上に傷ついていたことを知った。

（私は、彼女に望まぬ妊娠をさせてしまったのか。私はいったいどれほど彼女を傷つけて来たのだろう。その上、リュシーに対して不当な償いを要求し、強引に身体まで奪ってしまった。彼女はさぞや呆れたことだろう）

　不意に疲れを覚えて、フィルは心を落ち着けて考える必要を覚えた。

「今日のところはこれで帰る……。次の休みはいつだ？」

「三日後……だけれど」

　リュシーは彼の質問の意図がわからず、ためらいつつ答える。

「ならばその日はディオンと一緒に出かけよう」

「それは、構わないけれど……」

　リュシーは結婚こそ考えられないが、フィルがディオンと交流を持ちたいと言うのならば止められないと考えていた。いずれ、ディオンも自分のルーツを気にしだすであろうことは、想像に難くない。

「ありがとう。私は結婚を諦めるつもりはないから」

フィルはそれだけ告げると、戸惑っている様子のリュシーを残して階段を下りた。そしてディオンとアルヌー夫妻に暇を告げ、すぐに立ち去ってしまった。

あっさりとした退場にリュシーは拍子抜けしていた。

(彼はなんと言った？　当時は婚約者などいなかったと？　他に女性はいないと？　あんなに激しく私を抱いておいて、彼はずっと禁欲していたと言うの？　それに、私を妊娠させてまで繋ぎとめておきたかったなんて……)

リュシーはフィルの急激な態度の変化についていけず、困惑していた。だがフィルはリュシーが待ち望んでいる言葉だけは与えてくれなかった。

思考の海を漂っていたリュシーは、背後から抱きつかれた感触に我に返った。

「ディオン！　どうしたの？」

「ママン、大丈夫？」

ディオンの顔は心配そうに曇っている。リュシーはあわててしゃがみ込んで、ディオンと視線を合わせる。

「なんでもないの。大丈夫！」

リュシーはディオンに向かって笑みを見せた。それよりもリュシーには気にかかることがある。

「ディオン、パパに会ってみてどう思った？」

「うーん。……よくわからない。本当にママンはあのひとと結婚しないの？」

「ママンもよくわからなくなっちゃった。でもディオンはフィルと仲良くしていいのよ。あなたのパパはあのひとだもの」

「本当に？」

「次のママンのお休みに、一緒にお出かけしようって言ってたわ。ディオンはどこか、行きたい場所はある？」

「汽車を見に行きたい！」

ディオンは嬉しそうに意気込んで答える。

「汽車に乗りたいの？」

「うん」

「そう……。なら、今度お願いしてみようね」

「うん！」

笑みを浮かべている息子にリュシーは安堵（あんど）する。どうやら父と子の関係は上手く築くことができそうだ。

興奮するディオンをなんとか寝かしつけると、フィルとのやりとりで疲れたリュシーも早々にベッドに入る。けれど、なかなか寝付くことができなかった。布団の中で、フィルに言われた言葉を思い返す。

(私以外抱いていないというのは本当なの?)

リュシーは何度も何度も寝返りを繰り返しながら、空が明るくなる頃ようやく眠りに落ちた。

§

フィルからの求婚は、リュシーを困惑の極みに陥(おちい)らせていた。昨夜は驚きと怒りが込み上げ、話をする気分ではなかった。一晩経って冷静になってみると、怒りは完全には消えていないが、大分収まっていた。

(ディオンから父親を奪ってしまってもいいの?)

それがリュシーの一番の懸念(けねん)だった。そして、フィルに対するなんとも形容しがたい気持ちが、リュシーの胸を苛(さいな)んでいる。

(彼と付き合っていた頃、私はフィルとの恋に溺れていた。そしてフィルのもとを去り、ディオンを産み、育ててきたいまの私。愚かな娘だったあの頃より、すこしは成長できたのだろうか？）

それでも彼の強引な誘いに抗いきれずに、身体を重ねてしまったとき、リュシーは未だに彼に心を囚われてしまっていることに気づかされた。そうでなければ、フィルの子供を産んだりしない。

（私はずっと彼に心を囚われたままだ。彼は愛のない婚約だったと言うけれど、きっと彼の身分に相応しい、血筋の確かな方だったに違いない。外国人で、なんのうしろ盾もない私とは違う……）

リュシーは迷った末に、両親にいまの気持ちを素直に伝えた。

「正直、とても迷っているの。ディオンに父親を与えられるならば、多少のことは我慢すべきかもしれないと……」

「リュシー、お前が幸せでなければ、ディオンも幸せにはなれない」

リュシーは父の言葉に、頭をガツンと殴られたような衝撃を受ける。

（父の言うことは正しい。けど私は、本来自分が払うべき犠牲を、父や母に払わせてしまっているのではないだろうか？）

リュシーの脳裏からそんな疑念が消えたことはなかった。幸いにして金銭的に恵まれていたために、ディオンを産み育てることを周囲が受け入れてくれたが、本来はリュシーとフィルが責任を負うべきことだ。

（やはりディオンにとって父親というものは、なにものにも代えられないものではないだろうか？　だが、彼との結婚を選べばいままでどおりに働くことはできないだろう。必死に努力して得た仕事の経験を全て捨てることになる）

考えれば考えるほど不安が押し寄せてくる。これでは堂々巡りだ。

「すぐに返事をくれと言われたわけではないのだろう？　とにかく、私はフィリップ殿下の真意を知りたい」

オーギュストの言葉にリュシーは頷（うなず）いた。

十七　夢の中で

リュシーは温かい腕の中でまどろんでいた。

自分を支えてくれる確かな温もり。欠けていたパズルのピースがかちりと組み合わされ、そこにあることが自然な充足感に包まれる。

温かく大きな手が背中から身体の前に回され、ふるりとこぼれた胸をすくい上げる。うなじにちりっとした痛みを感じて首をそらすと、更に柔らかく食まれる感触がした。

リュシーの身体には、びりりと電流が走るような快感が広がっていく。

「っはあぁ……」

意図せず口から漏れた声は多分に快楽を含んでいた。

無骨な手が背筋に沿って這い下りる。それだけでリュシーの息が大きく上がってしまう。与えられる快感は深く、温かい。まるで母のお腹の中の胎児のように、守られていると感じる。

「好きだ……、リュシー。愛している。私の全てで……」

その声はリュシーが望む言葉を余すところなく与えてくれる。

「あ、あぁ、す……き……。大好き……、もう……離さないで……」

「わかっている。リュシー……」

背中から回されていた手がリュシーの身体を引き寄せ、向かい合わせに抱き寄せられる。すっぽりと全身を包まれるように抱かれ、リュシーは安堵のため息を漏らす。

ずっとこの腕の中にいたい。この心地よい腕の中でずっとたゆたっていたい。けれど、身体の至るところにちりばめられた快感の兆しがそれを許してはくれない。

大きく、長い指がリュシーの秘部を捕らえる。すこしずつ暴かれていく感触に、リュシーは息を荒らげた。

「っはぁ、あ、ん……、ふ、ん……くぅ……」

「リュシー、綺麗だ……。もっと、感じている顔を見せて……」

低く欲望に掠れた声が彼女の羞恥を煽る。だが、それさえもふたりにとっては快楽のスパイスでしかない。身体中をさまよっていた彼の唇は、耳朶を食むとそのまま鎖骨のほうへ向かってゆっくりと首筋をなぞる。

リュシーはめまいのように、くらりとする快感に身体の自由を奪われ、ただ彼の与える愛撫に喘ぐことしかできない。

「……あぁ！」

大きな快楽の波がリュシーを呑みこんでゆく。大きな波はリュシーを高みへと連れ去る。

「あぁぁー。も……う……、許……して……」

「まだ……だ。許さないよ。私が満足するまで、もっと、啼いて……」

絶頂を迎えたばかりの身体は、彼の手によっていとも容易く次の快楽の頂点へと導かれる。

「あ、ああ、やぁ……、おか……しく……な……る……」

「いっそ、おかしくなってしまえばいい。私の腕の中から逃げ出せないように……」

「あ、あ……」

足りない空気を求めて大きく開かれた口からは、喘ぎ声が漏れる。

もう、耐えられない……

そう、思った瞬間、身体を包んでいた温もりが消失する。覚醒したリュシーの視界に入ったのは自分の部屋の天井だ。

（ああ、夢だったのか……）

リュシーは途方もない喪失感と共に目覚めた。

あれは最近抱かれたときの記憶。けれど、記憶と夢では一つだけ決定的に違うことがあった。

(彼は決して『愛している』とは言ってくれない)

どうしてこんな夢を見てしまったのか、リュシーにはわからない。けれど、今日三人で出かけることが影響しているのは確かだろう。

リュシーは快感の残る身体を抱きしめ、それを振り払うようにバスルームへ向かった。冷たい水をかぶり、快楽の残滓を消し去ると、温かなお湯に変えて汗を洗い流す。鏡の前に置かれた眼鏡をかけると、そこには顔を赤く染め、情欲に潤んだ目をレンズの奥に秘めた女の姿があった。

(未だに彼に心を囚われたままでいる自分が嫌になる。けれど、父親としての彼をディオンから奪ってしまうわけにはいかない)

リュシーは心に鎧をまとい、外出の準備を始めるのだった。

十八　親子の時間

　ディオンは大はしゃぎで駅のターミナルを出入りする汽車を眺めていた。ターミナルには機関車から吐き出された水蒸気がもうもうと立ち込めている。またひとや荷物が行き交い、にぎわいを見せていた。

「ママン、すごいね。汽車がいっぱいだ！」

「ええ、そうね」

　目を輝かせるディオンと、その傍らで一緒になって喜んでいるリュシー。そんなふたりの様子を、フィルは見守っていた。

「さて、おふたりさま。どの汽車に乗るのかな？」

「あれがいい！」

　ディオンが指差したのは、偶然にもリュシーとフィルが通っていた大学の最寄り駅を通る列車だった。あのころは鉄道馬車しかなかったが、いまでは鉄道が整備され、新たに駅も作られたらしい。

リュシーはフィルと顔を見合わせる。

「どうしたの？」

何も知らないディオンはふたりの様子に首をかしげた。

「ママンとフィルが勉強していた大学の近くを通る汽車だったから、驚いたの」

「へえ。ぼく、その大学に行ってみたい！」

「そうね、それもいいかもしれないわね」

「わかった」

フィルはディオンのはしゃいでいる様子に目を細めて笑うと、汽車の切符を買いに窓口へ向かった。

「ねえ、ママン。あのひとのこと、嫌いなの？」

リュシーはうろたえずにいられなかった。

「ディオン!?　どうしたの、急に？」

「あのひとはぼくのパパなんでしょ？　なのに、ママンとフィルが結婚してないのはどうしてかなぁって、不思議だったの」

リュシーはこの場所にフィルがいないことに感謝する。

「……嫌いじゃないわ。ディオンはママンの宝物なの。だから、ディオンを授(さず)けてくれたフィルには感謝、ええっと、その、ありがとうって思ってる」

難しそうな顔をしたディオンに、リュシーはなるべくわかりやすく説明し直す。

「でもあのひととママンが結婚してないのに、ぼくがフィルをパパって呼んだら変だよね？」

ディオンがすでにフィルを父親として受け入れ始めていることに気づき、リュシーは衝撃を受ける。

「別に……、ディオンが呼びたいなら呼べばいいわよ」

リュシーはなるべくショックを表さないように、声を抑えてディオンに話しかけた。

「本当に⁉　いいの？」

「ええ……」

これまでのフィルの様子を見る限り、彼はディオンに対して上手く接している。きっと親子としても上手くやっていけるだろうという予感がしていた。

けれど、実際にディオンが彼を父親として認め始めたことを知り、リュシーはショックを受けた。

（やはり、母親の愛情だけでは足りなかったのだろうか？）

リュシーが落ち込んでいると、フィルが切符と焼き栗を包んだ紙を手に戻ってくる。

「ほら、どうぞ」

「わ、焼き栗だぁ！」

ふたりに向けて差し出された包みを見て、ディオンは歓声を上げている。さっそく、包みから取り出した栗を夢中になって頬張った。

「どうかした？」

顔色のよくないリュシーを、フィルが心配して覗き込んでくる。

リュシーは今朝方の夢を思い出し、顔を赤く染めた。心なしか心臓の鼓動が速くなっている気がする。

「ディオンが……、あなたのことをパパと呼びたいみたいよ」

「そうなのか？」

嬉しそうな声を上げるフィルに、リュシーの胸が疼く。

「ディオン！　どうだ、美味しいか？」

「うん。……パパ」

リュシーの胸に鋭い痛みが走る。自分の存在がなくても、このふたりは親子として上手くやっていけるのではないだろうか……。子どもが自分の手を離れてしまう寂しさがリュシーを襲う。

「リュシー……？」

フィルは心配そうな顔でリュシーを見つめる。

ちょうどそのとき、買い求めた切符の列車がホームへと滑り込んでくる。ディオンが声を上げて走りだしたため、リュシーはあわててあとを追いかけた。

「こらっ、勝手に行っちゃだめでしょう！」

「ごめんなさ〜い」

あまり反省していないそぶりに、フィルが口をはさんだ。

「ディオン、ママンは君を心配して言っているんだ。きちんと言うことを聞いたほうがいい」

「……うん、ごめんなさい」

途端にしおらしくなった息子の様子に、リュシーはそれ以上の怒りを持続できなくなる。

「わかってくれればいいの。危ないから、飛び出しちゃだめよ」

「はーい」

「さあ、ここだ」

フィルが扉を開けて、列車に乗るように促す。

フィルが自分の味方をしてくれたことに、気恥ずかしくなったリュシーはいたたまれなくなり駆けだし、ディオンと競い合うように列車に乗り込んだ。

「ここがいい！」

ディオンが向かい合わせの席を選んで窓際に座る。リュシーはディオンの隣に腰を下ろした。向かい側にフィルが腰を下ろすと、リュシーは妙に緊張し始めた。

やがて、列車はゆっくりと動き出す。ディオンは窓の外を流れる景色を夢中になって眺（なが）めている。フィルの視線はディオンとリュシーを温かく見守っていた。

リュシーはまるで学生時代に戻ったかのような錯覚に陥（おちい）った。友情と尊敬の中で育（はぐく）まれていった恋は実ることはなかった。いまのリュシーにはその理由がよくわかる。

ふたりの間にあったのは恋であり、愛ではなかったからだと。

相手を信じ、自分を委（ゆだ）ねることができなかった。そんな自分に、彼と結ばれる資格がなかったのだと、いまはわかる。そして、全てを打ち明けなかった彼もまた、リュシーを信じることができなかったのだと……

親子三人はかつてリュシーとフィルが通った、ベルナール国立大学を訪れた。

ディオンは大きなグラウンドの芝生の上をフィルと共に駆け回ったあと、気持ちの良い日差しに眠気を誘われ、リュシーの膝でまどろむ。

リュシーとフィルは隣り合って芝生の片隅のベンチに座っていた。

「ディオンは本当に元気だな」

「ええ、私の体力ではディオンについていくのがやっとね」

リュシーの膝の上に頭を乗せ、目を瞑(つぶ)っているディオンを見守るふたりの視線が重なった。

「いい加減、きちんと話をしよう」

「ええ……、そうね」

リュシーは覚悟を決めて頷(うなず)いた。

「私はずっとリュシーのことが忘れられなかった。無理矢理にでも君を自分のものにしたいと思うほど……。こんな醜(みにく)い独占欲が愛だというのならば、私は愛が恐ろしいとさえ感じる。それでも君を諦めることができず、こうしてみっともなく縋(すが)っている。君がディオンを産んでいたと知って、私は歓喜した。これで堂々と君を私のものにできると」

フィルは自嘲(じちょう)を込めて笑った。

「私はあなたに恋していた。……でも、私はありのままの自分であなたのそばに立つ自信がなかった。身分を明かしてくれなかったあなたを信じることもできず、逃げてしまったの……。それでも、あなたを諦めきれず、ディオンを産みたいと思った」

リュシーの目は当時を思い出しているのか、遠くを眺めていた。

「私は君の前ではただの男でいられた。殿下ではなくフィルと呼んでくれる、君の声が私の安らぎだった。女系優先の王族の中で、決められた未来を周りの言うとおりに進むのではなく、君と共に歩いて行けたらいいと、……そう思っていた」

フィルの言葉が過去形であることに、リュシーの心に不安が押し寄せる。

そして、彼に愛されていないのかもしれないという不安と同時に、いろいろなことがあったいままでも、フィルを諦められていないことに、気づいてしまった。

「リュシー……、君には本当にすまないことをしたと思っている。リックの勝手な行動を止めることができなかった罪は私にある。だから、君が望むことはなんでも叶えたい。そんなことが償いになるのかはわからないが……」

まっすぐにリュシーを見つめる緑色の瞳に、リュシーは見とれていた。

「君はとても強くなったね。そして、もっと美しくなった。そんな君に私はもう一度恋をしている。……愛している、リュシー」

「私も、……あなたを愛している。そうでなければ、ディオンを産んだりしなかった。そばにいることが叶わなくても、せめてあなたと繋がっている証として子どもが欲しかった。でも、いまではディオンは私の全てと言ってもいいくらい。ディオンのためならばどんなこともできるの」

　いまは閉じられているディオンと同じ水色の瞳で、リュシーはフィルに微笑みかけた。

「だから、……許すわ。あなたが私とディオンのことを知らなかったことも。無理矢理私に関係を迫ったことも。これで……、あなたは自由だわ。償う必要もない。ブランシュ王国へ帰っていいのよ」

　愛しているからこそ、リュシーは再びフィルの手を離した。

（私はもう守られているだけの存在じゃない。ディオンの母親であり、仕事を持つひとりの大人として、フィルと対等でありたい！）

「いやだ！　愛するひとを残して帰ることなんて、できるはずがないだろう！　ブランシュ王国へ帰るのならば、君とディオンを連れて行く。君たちがいない未来など考えられない。今度こそ、君とディオンを守るから……、だから、ずっと私のそばにいてくれないか？」

　フィルの強い意思を宿した瞳に、リュシーは射抜かれた。

（今度こそ、信じてもいいのだろうか？）

　神妙な顔つきのフィルを眺め、膝で眠る愛しい我が子の寝姿を見つめる。父親そっくりの顔立ちはいつもリュシーにフィルを思い起こさせた。再び信じて裏切られるのは怖い。けれど、フィルのいない未来を想像すると、荒涼とした寂寥感に襲われる。

（迷う必要がある？）

リュシーを見つめる緑の瞳色はゆるぎない。視線を彼に囚われたまま、いくばくかの時間が過ぎ去った。それは一瞬だったようにも、長い間だったようにも感じられた。

「私も……ずっとあなたのそばにいたい」

「リュシー！」

フィルはそのままの勢いでリュシーを抱きしめそうになり、ディオンの存在を思い出して自制した。

「ありがとう……。絶対にふたりを守るから。後悔させないから、私のそばにいてほしい」

リュシーの目は涙に潤み、震えそうになる声を出すことができず、頷くことでフィルの願いに応える。

不意に、リュシーの膝の上のディオンが身じろぐ。

「……ん、ううん」

何度か瞬きをすると、ディオンはゆっくりと目を覚ます。

「ん……、ママン？」

ディオンは目をこすりながら、辺りを見回し、ようやくどこにいるのかを理解したら

しい。リュシーとフィルの顔を見上げると、無邪気な笑みを見せた。

「ディオン、ママンはフィルとディオンと三人で一緒に暮らしたいの。ディオンは一緒に暮らすのはいや？」

「ううん、いやじゃない。ずっと、ぼくにもパパができたらいいなぁって……思ってた」

「そうね……」

やはりディオンが父親を求めていたことを改めて思い知らされ、リュシーは複雑な心境で頷（うなず）いた。

「さて、そろそろ帰ろうか」

フィルが手を差し出すと、ディオンはためらいなくその手を取った。

父と子が手をつなぎながら芝生の上を歩き出す光景に、リュシーは自分の決断が間違っていないことを祈った。

§

「ディオンと一緒にブランシュへ参ります」

その夜、リュシーはフィルとともに両親にプロポーズを受けたことを伝えた。

「きちんと話し合って、決めたのだな」

「はい」

リュシーとフィルが互いの顔を見つめて頷く様子に、オーギュストとレオニーはようやく娘が愛するひとと結ばれることを知り、一抹(いちまつ)の寂しさと共に安堵(あんど)を覚えた。

「ねえ、じぃじとばぁばも一緒に来るんでしょう？」

「いいや、じぃじはベルナールの人間だからな。旅行では行くかもしれないが、一緒に暮らすことはできないんだよ」

「どうして？」

ディオンは納得できない様子で食い下がる。

「フィルはお隣のブランシュ王国の王子なのよ。だから、国に戻らなければならないの」

「ええ!? パパは王子様なの？　絵本に出てくるあの白いかぼちゃパンツの？」

ディオンの疑問に、皆が一斉に噴き出した。

共和制へと移行して久しいベルナールでは、王族は絵本で見かけるのが一番近しい存在だろう。絵本に描かれている王子は、なぜか総じて真っ白でかぼちゃのように膨(ふく)らんだズボンをはいた姿で描かれている。

「ははっ！　さすがにかぼちゃパンツは持っていないな」

フィルはディオンの持つ王子像を面白く思いながら、ディオンの身体を抱き上げると、膝の上に座らせる。

「えぇー？　パパは王子様なんでしょう？　だったらちゃんとお姫様を迎えにいかないと」

「そうだな。遅くなってしまったけど、リュシーとディオンを迎えに来たんだ。じぃじとばぁばとはすこし離れてしまうけど、会おうと思ったらいつでも会いに来ればいい。それに、ディオンにはじぃじとばぁばが増えるぞ？」

「増えるの？」

「ああ、女王陛下と王配陛下だけどな」

女王陛下と義理の親子になるのかと思うと、リュシーは自分が結婚を承諾してしまったことを後悔しそうになる。それでも、もう逃げないと決めたのだ。

リュシーは今度こそ、家族として幸せになるために勇気を奮い立たせる。

フィルはリュシーの凛とした決意を感じ取って、オーギュストとレオニーの前で再び誓いを口にした。

「リュシーとディオンを必ず幸せにします。お嬢さんとの結婚を許していただけますでしょうか？」

「リュシーをよろしく頼む。もし娘と孫を不幸にするようなら、私も黙ってはいない」

オーギュストは複雑な胸中を隠して、穏やかに告げる。

「本当に、リュシーを、ディオンを守ってください。そして、幸せになってください。再び娘を泣かせるようなことがあれば、私は許しません」

普段はおっとりとしている母レオニーも、このときばかりは毅然(きぜん)とした態度でフィルを見据(みす)えていた。

フィルは二度とこの義理の両親を心配させぬ決意を胸に、ふたりの顔を見つめ返した。

「お約束します。命に代えても、ふたりを守ります」

フィルの宣言に、リュシーを覆(おお)い固めていた心の鎧(よろい)にすこしずつひびが入り始めていた。

(彼の言葉を信じたい)

けれど彼に裏切られた傷はいまだ完全には癒(い)えていない。

信じようとする心と、傷ついた痛みにためらう心が交錯する。それでも、幸せになるために、そしてディオンの未来のために前に踏み出すしかないのだ。

リュシーは祈るような気持ちで、フィルの背中を見つめた。

十九　彼（か）の国へ

ブランシュ王国へは汽車で移動することになった。先日乗った列車とは異なり、長距離用の豪華なコンパートメントにディオンは興奮していた。

「すごーい！　このソファ、ふかふかだよぅ！」

ディオンは腰を何度もはずませ、ソファの座り心地を楽しんでいる。

「こら、お行儀悪いわよ！」

「えへへ。ごめ～ん」

初めての外国に、ディオンはずっとこの調子だ。リュシーはこれからのことを考えただけで、胃のあたりがしくしくと痛み出す。

「どうした？　具合が悪いのか？」

リュシーの緊張を感じ取ったのか、フィルが心配そうな顔で問いかけてくる。

「大丈夫よ。女王陛下に会うと思うと、ちょっと緊張しているだけ」

「それなら大丈夫だ。陛下はリュシーの味方だから、心配いらない」

「そうかしら……」

フィルの言葉にもリュシーは安心することができない。いきなり現れた孫を歓迎してくれるだろうかと、そればかりが気にかかる。

「会えばすぐにわかるさ」

列車はそれぞれの思いを乗せてブランシュへ向かう。

そして定刻どおり、王都ブランシャールへ到着した。フィルがホームに降り立つと、すぐに数人の護衛が三人を出迎える。物々しい警護の中を進むと、駅の外には出迎えの馬車が停まっていた。

リュシーはディオンと共に馬車へと乗り込んだ。さらにフィルが続いて乗り込んでくる。護衛がひとり乗り込むと、残りの護衛は別の馬車に分かれて乗り込んだ。

ベルナールにいるときは、フィルのそばに護衛の姿を見た覚えがなかった。

「ねえ、フィル。護衛のひとたちは必要なの？」

「ああ、形式的なことだから気にしなくていい。ベルナールでは姿を見せないようにしていたから、気づかなかったかもしれないね」

リュシーは陰から護衛されていたことを知り、衝撃を受けた。

（私はいったいどういう世界に足を突っ込んでしまったのだろうか）

護衛が必要な事態が起こりうるかもしれないと思うと、リュシーは知らず知らずのうちにディオンを抱きしめていた。

「ママン、どうしたの？」

（だめ！　ディオンに不安を与えてはいけない）

リュシーはすぐに気を取り直し、ディオンから手を離す。

「ごめんね。ちょっとママンは緊張しているの。ディオンの元気を分けてくれる？」

「大丈夫だよ」

ディオンはすぐにリュシーの頬に軽くキスをすると、大人びた口調でおまじないをしてくれる。

その様子を見ていたフィルも、反対側の頬に唇を寄せた。

「大丈夫だよ」

ディオンよりも低い声で囁かれ、リュシーの背筋にゾクリとした快感が走る。

「……ありがとう」

リュシーは微かに頬を染めながらも、緊張で強張っていた身体がふたりのキスで幾分かほぐれるのを感じた。

馬車はやがて王宮の門をくぐった。

窓の外に見える壮麗な宮殿の外観に、リュシーの口からは思わずため息が漏れる。

緑色の芝生が広がる前庭には、色鮮やかな花が所々に配置されている。その中でも目を引くのは王室の紋章のモチーフとなっている獅子の像だ。前庭を抜けてたどり着いた鉄製の門には、王家の紋章が掲げられており、その両脇は衛兵が守りを固めている。

リュシー達の乗る馬車につけられた王子の紋章に気づいた衛兵は、すぐに門を開けて馬車を通した。

その先にはベルナールの特徴である優美さとは違い、質実剛健というのにふさわしいブランシュ王国ならではの宮殿がそびえていた。白い外壁には直線を基本とする装飾が施されており、王国の歴史を感じさせる。

「わぁー！　本物のお城だー！」

ベルナールにもいくつか城はあるのだが、ブランシュの王宮ほどの規模のものはない。ディオンは初めて目にする何もかもに、歓声を絶やさない。

こんなときでなければ、もっと宮殿の美しさを楽しむことができただろうと、リュシーは残念に思った。

馬車が車寄せに停まり、外から衛兵が扉を開ける。フィルはいつものことでなんの感慨も覚えないのだろうが、リュシーとディオンは明らかに戸惑っていた。

「さあ、どうぞ」

フィルが差し伸べた手に掴まって、リュシーは王宮の地に降り立った。ディオンと手をつないで彼女はフィルのあとを追う。

「お帰りなさいませ。陛下が謁見の間でお待ちです」

いつの間にか現れた執事が三人を出迎える。

「ただいま、アンセルム。こちらは私の婚約者、リュシエンヌ・アルヌーと、私の息子、ディオンだ」

「わたくしは執事長のアンセルム・マリエルと申します。以後、お見知りおき下さいませ」

壮年の男性はグレイまじりの髪を撫でつけており、姿勢のよい立ち姿から、優雅な礼を見せた。

「はい。こちらこそ、よろしくお願いします」

フィルは迷うことなくまっすぐに謁見の間へと向かった。リュシーは気後れしながらも、あとについていく。いきなり謁見になるとは思っていなかったため、心の準備ができていなかった。けれど、容赦なくときは過ぎ、すぐに目的地に着いてしまう。

リュシーは大きく息を吸い込むと、気持ちを落ち着かせる。

相手が一国の主であろうと、リュシーは自分以外の人間になることなどできはしない。

もちろん求められる限り、相応しくあれるよう努力はするが、身を削ってまで期待に応えるつもりはなかった。

　フィルが開いた扉に、リュシーは覚悟を決めて踏み込んだ。

「ブランシャールへようこそ」

　リュシーがディオンと手を繋ぎ、謁見の間へ足を踏み入れた途端に、大きく通る声が掛けられた。

　部屋の中央にしつらえられた玉座には、柔らかそうな金髪を美しく結い上げた中年の女性が座っている。その隣にはフィルと同じ色の髪を持つ男性が座っていた。

　女王はフィルそっくりの緑色の目でリュシーとディオンを見据えている。何もかも見通すような王者の視線に、リュシーの背筋は自然と伸びていく。

「わざわざの御挨拶、ありがとうございます。リュシエンヌ・アルヌーと息子のディオンでございます」

　仕事の中で培った自制心を発揮し、リュシーはあわてずに礼を執ることができた。

「そんな遠くにいないで、もっと近くで顔を見せてちょうだい」

　隣にいるフィルがリュシーを力づけるように肘に手を添えてくる。リュシーはフィルに誘われてゆっくりと玉座に近付く。

二十歩ほど前に進み、玉座の前で再び礼を執る。ディオンも見よう見まねで礼を執った。

「ああ、幼い頃のフィルにそっくりね……！」

「ああ、本当だ」

女王と王配陛下は、フィルにそっくりなディオンに出会えた感動に涙を滲ませている。

だが、素早く平常心を取り戻すと、リュシーに話しかけた。

「長い間、ひとりで孫を育てさせてしまったこと、申し訳なく思います」

女王はすでにディオンを孫と認めていることをリュシーは知った。決して楽なことではなかったが、ひとりでディオンを育ててきたわけではない。

「いいえ、ひとりではありませんでした。両親の手も借りましたし、乳母も手伝ってくれました。周囲の応援によってここまで育てることができたのです。わたくしひとりの力では成しえなかったことでございます」

リュシーはどう対応したものか考えあぐねていたが、とりあえずディオンが寂しく育ったわけではないことを伝えたかった。

「さあ、これで形式的な謁見は終わったでしょう？」

女王はそばに立っていた王太子や側近たちに向かって公式な謁見の終了を告げた。

「承知しました」

側近たちは一礼すると、謁見の間をあとにする。残ったのは王太子でフィルの姉であるブリジット、女王エレオノール、王配ラザール、フィルだけとなった。

「ああ、ごめんなさい。もっと楽にしてちょうだい」

側近たちが去った途端に、場の雰囲気が一気にくだけたものへと変化する。女王は玉座から下り、リュシーの前に歩み寄る。

「本当に、情けない息子でごめんなさいね。そしてどうか、いままでの償いをさせてほしいの」

女王ではなく母親としての懇願にリュシーは戸惑う。

「いえ、そのようにお気遣いいただかなくても結構です。わたくしにもきちんと告げなかった落ち度があります」

「そんなことはない！」

フィルが強い調子でリュシーの言葉を遮った。

「全ての責任は私にある。母上、私はリュシーに愛をもって求婚しました。そしてリュシーはそれに応えてくれました。私たちの結婚を認めていただけますか？」

「リュシエンヌ、あなたはそれでいいの？　ブランシュの王族に加わる覚悟ができているということですね？」

「はい」

リュシーは女王の目をしっかりと見返して答えた。

「わかりました。認めましょう。できるだけ早く式を挙げてしまいなさい。そうすればお偉方も口を出す暇もないでしょう」

「母上！　そんな簡単にお認めになってしまってよいのですか？」

ブリジットはひとり納得がいかない様子で反駁する。

「あら、愛し合う恋人たちを邪魔するものではないわよ」

思わぬ茶目っ気をみせ、女王はリュシーにウィンクを送ってくる。

リュシーは呆気に取られて、ただ親子のやり取りを見守っていた。

「そして、あなたが私の孫なのね……」

女王はディオンの前に移動すると、腰を屈めて視線を合わせた。

「あなたがぼくのばぁばなの？」

「そうよ！　ばぁばなの！」

女王は嬉しそうに頷いた。

「ねえ、あなた。ばぁばですって！　あなたのことはなんて呼んでくれるのかしら！」

女王は夫であるラザールに呼びかけた。

「こら、あまりはしゃいでくれるな」

ラザールは苦笑しながら、妻にならってディオンと視線を合わせる。

「こんにちは、ディオン。私は君のおじいちゃんだよ。髪の毛がそっくりだ！」

「おじいちゃん？　それってじぃじのことだよね？」

「じぃじ……！」

ラザールは感極まって、口ごもる。

「もう、母上も父上もそんなに寄ってたかって……。私だってもっと近付きたいのに！」

ブリジットは妙齢の女性とは思えぬ可愛らしさを見せ、ディオンに近付こうとしてためらっていた。

リュシーはとりあえずフィルの家族がディオンを受け入れてくれていることに安堵する。

「あら、ブリジット。悔しかったらおばさまと呼ばせてみなさい」

女王は面白がって娘をからかっている。ブリジットは白い肌を一気に紅潮させ、ディオンに詰め寄った。

「私のことはブリジットと呼んでちょうだい。さすがに未婚でおばさまと呼ばれる覚悟はできていなかったわ」

「ブリジット？」

「ええ。あなたのパパの姉様よ」

ディオンは一気に増えた親族に戸惑いを隠せずにいた。けれどやはり家族が増えたことは嬉しい様子で、にこにこと笑みを浮かべている。

「さあ、そろそろいいだろう？　休憩もなくいきなり謁見の間へ連れてこられたんだ。すこしふたりを休ませてやってほしい」

「ああ、そうだったわ。ごめんなさいね。夕食の時間にでもまた会いましょう」

「そうだな。ゆっくりと休みなさい」

女王と王配陛下の言葉を受け、リュシーとディオンは謁見の間を辞した。

すぐにアンセルムが現れ、ふたりを客室へ案内する。そこはフィルの部屋にほど近い客室だった。

ようやく他人の目がなくなった部屋で、リュシーは大きなため息をついた。

いきなりの展開にリュシーは疲れを覚えて、ソファに座り込む。ディオンもすこし疲れた様子で、眠そうに目をこすっていた。

「お疲れ様。逃げないでくれて、ありがとう」

フィルがリュシーの隣に座り、手を握った。

「いえ、私も覚悟が足りなかったみたい。もっと冷たくされるかと思っていたのに、あそこまでディオンを認めて下さって……」

「陛下はリュシーの味方だと言っただろう？」

「ええ」

リュシーは頷く。

「さあ、君もすこしディオンと昼寝をするといい。それとも私の添い寝のほうがいい？」

「結構よ！」

リュシーはあわてて立ち上がると、ディオンを連れて隣の寝室へと向かった。

「残念だ……」

フィルの本当に残念そうな声を背に、リュシーは寝室の扉を閉める。

靴を脱ぎ捨て、ディオンと共にベッドに横になるとあっという間に眠りに引き込まれていった。

二十　溺れる

リュシーがくすぐったさに目を覚ますと、室内に夕日が差し込んでいた。

うなじをくすぐる犯人を探し、寝返りを打つと、目を細めたフィルの視線と交わる。

リュシーの目覚めを知ったフィルはそのまま彼女の唇を己のそれに重ねた。

どうやらくすぐったさの原因はフィルの口づけだったらしい。

（フィル、好き……離さないで）

ただ触れるだけの優しいキスは、すぐに相手を求める濃厚なそれへと変化する。互いの舌を絡め合いながら、次第に息が上がっていく。

「ん……、はぁ」

フィルからもたらされる深い快楽に、リュシーの頭には靄（もや）のような紗（しゃ）がかかる。それは正常な思考を鈍（にぶ）らせ、彼女を快楽の海へと突き落とす。

舌をすり上げられると、リュシーの背筋にぞくりとした電気のような快感が走った。

それに合わせて身体がびくりと跳ね上がる。

「ふぁ……、あ……」

「ああ、リュシー。かわいい……」

低く掠れた声が耳元をくすぐる。けれどキスに夢中になっているリュシーには、その声さえも霞がかったようにしか聞こえない。

「ふぃ……るぅ……」

(好きなの。大好き……)

溺れるような心地に、リュシーはフィルの身体にしがみつく。


フィルは甘い声でしがみつく恋人の姿に、彼女を起こした理由を思い出す。

もうすこしで夕食の準備を始めなければならない時間になっても、リュシーとディオンが起きてくる気配がなかったからだ。

心配になったフィルは寝室の中へ足を踏み入れた。親子で安らかに眠る姿を見つけ、フィルの胸にはようやくふたりが自分のもとへやってきた実感が湧いたのだった。

軽くディオンを揺さぶると、すぐに目を覚ます。

「さあ、そろそろ夕食の時間だよ。隣の部屋に着替えがあるから、メイドに手伝ってもらって着替えておいで」

「うん。パパ」

ディオンは頷くと、すぐにベッドから飛び下りてフィルが指し示した隣の部屋に向かう。

続いてリュシーも軽く揺さぶる。

「ん……うん……」

寝返りを打って再び眠りに沈もうとする彼女に、フィルはふと悪戯心を刺激される。彼女の顔に自分の顔を近づけると、彼女の身体からは甘い匂いが立ち上る。フィルは吸い寄せられるように、あらわになったうなじへ唇を寄せていた。

軽く吸い上げると、リュシーは首をすくめるが目を覚まさない。フィルは次第に夢中になってうなじに舌を這わせていた。

(ああ、本当に気持ちいい。リュシーに触れているだけだというのに、この気持ちのよさは……たまらない)

唐突に彼女の身体に力が入り、覚醒したことをフィルに知らせた。

(さて、どうする?)

リュシーの反応を面白がって待ち構えていると、振り向いた彼女と視線が合う。ぼんやりと熱に浮かされたような瞳に、フィルの我慢が限界を超えた。

（ああ、リュシー。可愛い）

気がつけばフィルはリュシーに口づけていた。柔らかく自分を受け入れてくれる彼女に、フィルはすぐに夢中になった。彼女の口からもれる、やわらかな喘ぎ声もフィルの情熱に火を注ぐばかり。フィルが与えた以上に、リュシーの身体は敏感な反応を返してくる。フィルは夢中になって彼女の口腔を貪った。甘く自分の名を呼ぶ彼女の声に、頭が痺れたようにリュシーのことしか考えられなくなる。フィルは縋りついてくる彼女の身体を抱きしめ、愛おしさに胸が苦しくなった。

（二度とこの手に抱けないと思った温もりが……。ああ、なんと甘美な感触なのだろう）

夕食のことは忘れ、このまま彼女と一つになりたい。そんな身勝手な欲求が膨れ上がり、フィルを翻弄する。

寸前のところで理性が押し勝ち、ここへ来た理由を口にしたのだった。

「リュシー、すまない。夕食の準備の時間だ」

「え？　ああ、そ……う……」

熱に浮かされたように宙をさまよっていたリュシーの視線がようやく定まってくる。

このまま突っ走ってしまいたい欲望を抑えつけ、フィルはどうにか彼女から身体を離した。片腕をもがれるような喪失感に胸が痛む。けれど、これ以上そばにいると抑えが利かなくなりそうな予感もする。

「ごめん、非常に残念だが時間切れのようだ」

フィルはうしろ髪をひかれつつも、力の入らないリュシーの身体を引き起こし、クローゼットへ導く。そこには持ってきた荷物が全てほどかれ、クローゼットにつるされている。

「さあ、着替えておいで。私も自分の部屋で着替えたらまた来るよ」

フィルはどうにか彼女から手を離すと、部屋を出て行った。

取り残されたリュシーは失われた温もりに寂しさを禁じえない。けれど気を取り直してクローゼットの中を進む。

持参してきた荷物は、すべて丁寧にクローゼットに整理されていた。メイドの手際の良さに感謝をしながらも、他人の手を借りてしまったことに恥じらいを感じる。

(これからはこんなことにも慣れていかなければならないのだろうか)

リュシーは気分を切り替えて、夕食に相応しい服を物色し始めた。

二十一　新しい家族との夕餉(ゆうげ)

夕食の席は家族だけの小さな場となると聞かされていた。それでも席に着いたリュシーにとって、女王夫妻と王太子の並ぶ食卓は十分豪華で、気が抜けない。

隣の席に着いたディオンも、初めてのことに顔を強張(こわば)らせている。

こんなことではディオンを不安にさせるだけ、とリュシーは努めて笑みを浮かべた。

「ディオン、大丈夫。いつもどおり食べればいいのよ」

「……うん」

ディオンは笑みを浮かべたが、その表情から不安が完全に払拭(ふっしょく)されたわけではない。

そのことに気づいたフィルも、隣に座るディオンに声をかける。

「ディオンはテーブルマナーを勉強したのか？」

「うん、じぃじとばぁばが大事なことだからって教えてくれたの」

「そうか、さすがだな。じゃあ、ディオンのナイフ捌(さば)きをパパに見せておくれ」

「うん」

ディオンの顔からようやく緊張が解けたことに、リュシーとフィルは顔を見合わせて笑みを浮かべる。

そんなふたりの様子を、女王夫妻は微笑ましそうに見守っていた。

フィルからうわべだけではない本当の笑みが消えたのは、リュシーと別れたころと一致する。

フィルが愛しそうに目を細め、微笑みを浮かべている様子など、ここ数年見た覚えがなかった。この笑みを取り戻させてくれたのがリュシーだというのならば、どれだけ感謝しても足りないほどだ。女王夫妻は目配せし、リュシーを守っていくことを心に決める。

一方のブリジットは、弟が久しぶりに見せる優しい表情に戸惑っていた。いつからか弟はめったに笑みを見せることがなくなっていたのだ。

社交の場では体裁を取り繕ったそれらしい顔を作っていることに気づいていた。けれどシュザンヌと婚約したことを知ってすこし安堵していたのだ。これで弟は幸せになれるはずだと。ところがシュザンヌと共に現れた夜会でも、弟の笑顔は相変わらずのうわべだけのものでブリジットは気がかりだった。

しかし、いま息子を見守っている弟の顔は晴れやかだ。

ブリジットはリュシエンヌのことを認めないわけにはいかなかった。弟に本物の笑顔を取り戻させてくれた女性。そして、ディオンという新たな親族をもたらしてくれた女性。

ブリジットの顔にもいつの間にか笑みが浮かんでいた。

（フィリップの姉として私に何ができるのかしら？　ディオンとリュシエンヌの存在を認め、公の場で支持を表明することではないの？）

方針が決まれば、迷うことなどない。

ブリジットは積極的に、新たに知り合った女性のひととなりを知ろうとしていた。大まかな来歴はポールの報告書で知っていた。けれど実際に会ってみると、このたおやかな女性にこんなに大きな子どもがいるとは、にわかには信じがたい。

子どもどころか結婚さえしていないブリジットには、子育てがどれほどの困難を伴うのかは想像の範囲でしかない。けれど国を治める立場に連なる者として、ひとひとりの命の重さと、それを守ることがどれほど大変なのかは理解しているつもりだ。

「リュシエンヌさん。これから、フィルの姉として私とも仲良くしてください。そして、何かあったらすぐに相談してくださいね。特にこの愚弟が何かやらかしたら、遠慮なく言ってくださいね」

「ちょっと、姉さん。余計なことは言わなくていいから！」

フィルはすこしあわてた様子で、ブリジットを睨みつけた。

「あら、あなたがやらかさなければいいことでしょう？」

「それはそうだが……」

ムッとした表情でフィルは口ごもる。そんな様子をリュシーは面白そうに見守った。

フィルがこのように弱みを見せるのはきっとこの家族に対してだけなのだろう。

「殿下、ありがとうございます。こちらこそよろしくお願いいたします」

「殿下って言うのやめない？　姉様って呼んでくれると嬉しいわ。私、本当は妹が欲しかったの」

「あら……そうだったの？」

女王が意外だという顔で会話に参加してくる。

「ええ、まあ……。フィルと一緒ではなかなか遊べませんもの」

「そうねぇ」

女王も頷（うなず）いている。

「殿下……、陛下……」

なんと言っていいのかわからず、リュシーは言葉に詰まる。

「あら、あなたもよかったら陛下ではなく母様もしくは母上と呼んでくれていいのよ」

「それは……、さすがに畏（おそ）れ多いです。せめて結婚してからで構いませんでしょうか？」

「あら、残念ねぇ。フィル、本当にさっさと式を挙げてしまいなさい。王位継承者ではないのだから、議会の承認はいらないのだし」

　母の口から飛び出した発言にフィルはあわてた。

「ちょっと待ってください。ようやくリュシーに了承してもらったところだし、準備だっていろいろ必要でしょう？　そんなすぐには……」

「甘いわよ！　そんなことを言っていて逃げられても知らないわよ？」

　ブリジットは面白がって口をはさむ。

「逃がしませんよ。今度こそね」

「まあ！」

「あら！」

「フィル！」

　自信たっぷりに言い放ったフィルの様子に、一同は黙り込んだ。リュシーだけは抗議の声を上げると、恥ずかしさのあまり、顔を真っ赤にしてうつむく。

「ママンのウェディングドレス見てみたいなぁ……」

　場の気まずい雰囲気を救ったのはディオンの一言だった。

「ディオン……、あなた将来立派な紳士になれるわね」

ブリジットは感心したように甥の姿を見つめた。

「紳士ってなあに？」

「っふ、そうね……、上品で教養がある、礼儀正しい男ということかしらね」

ブリジットが笑いを堪えながらディオンに説明する。

「ふうん」

ディオンはよくわからなかったのか、首をかしげている。ディオンのおかげで夕食の席は和やかなものとなった。

王族が一堂に会して食事を取ることはそれほどないらしい。

あてがわれた部屋に戻り、それを聞いたリュシーは安堵のため息を漏らした。和やかな雰囲気とはいえ毎日王族が勢揃いでは、せっかくの美味しい料理も食べた気がしない。

「ママン、眠い」

「じゃあ、ちゃんと歯を磨いていらっしゃい」

「はあい」

ディオンが小走りに洗面室へと駆けこんで行く。

「リュシー」

リュシーは背後から急に抱きしめられ、びくりと身体を強張らせた。

「ディオンを寝かしつけたら、私の部屋に来てほしい……」

熱のこもった囁きがつむじのあたりをくすぐる。腰のあたりに回された、逞しい腕にリュシーの身体は火照り始める。

リュシーはなんと答えていいものかわからず、頷くことで返事とした。

「待っている」

そう言うと、フィルはディオンの様子を見に行った。

リュシーは温もりを名残惜しく感じながら、ディオンの就寝の準備を整え始める。一度跳ね上がった鼓動はなかなか治まらず、リュシーは不安と期待を胸に抱きつつクローゼットから着替えを取り出した。

二十二　ブランシャールの夜

乳母として雇われた女性にディオンを託して、リュシーは入浴を済ませた。ガウンを羽織って浴室から出て来たリュシーをメイドたちが待ち構えている。

「フィリップ殿下がリュシエンヌ様のために用意されました。どうぞ」

そう言って、メイドが差し出してきたのは、裾や袖にレースがふんだんにあしらわれた、モスリンのナイトドレスだった。優美でありながら、繊細な作りはリュシーの胸を高鳴らせる。

すすめられるままに袖を通してみると、自分には可愛らしすぎて、似合わないのではないかと不安になる。リュシーは袖を通したことを後悔し始めた。

けれどあまり時間もない。仕方なく持っていたナイトガウンを上から羽織り、ナイトドレスを隠すように着込むと、リュシーは彼との約束を守るために部屋をあとにした。

フィルの部屋に向かって歩きながら、リュシーは怖気づいてしまう。すぐ隣にある彼の扉の前に立ったまま、扉を開けることを躊躇していた。

　このままこの場所に立っていても、いずれ巡回の警備兵に見つかってしまうだろう。咎（とが）められることはないだろうが、夜分に男性の部屋を訪ねたことは明らかになる。それもやはり気恥ずかしく、リュシーは勇気を振り絞り、扉を開ける。

「振られたかと思った」

　リュシーが部屋に入った途端（とたん）に強い力で抱きしめられる。

「フィル……」

　背の高い彼に抱きしめられると、リュシーは自分がとても小さく感じられる。すっぽりと全身を抱きしめられたとき、ちょうどリュシーの顔のあたりに彼の胸が位置する。厚い胸板に手をつけ、顔を寄せれば、彼の速い鼓動が伝わってくる。緊張しているのが自分だけではないと知ったリュシーは、すこしだけほっとする。

「フィル……待って……」

「もう、十分すぎるほど待った」

　リュシーの抗議は熱い唇によって塞（ふさ）がれた。

「ん……、あ……ぁあ……」

「リュシー、ああ、リュシー」

　キスの合間に、フィルはうわ言のようにリュシーの名前を呼ぶ。腕の中の温もりが本物のリュシーであることを確認するかのように、キスは執拗で深かった。

さきほどから閉じることを許されないでいるリュシーの唇からは唾液が伝い落ちる。

その様を見たフィルは、伝う唾液を首筋に沿って舐め上げた。

「やぁあ……」

これまで感じたことのないほど、リュシーの身体は昂ぶっていた。キスを交わす間に膝の力が抜けてしまい、崩れ落ちそうになる。フィルは彼女の身体をすくい上げるように抱き上げると、軽々とベッドに運んでしまう。

リュシーが気づいたときにはナイトガウンの紐がほどかれており、贈られたナイトドレスがあらわになっていた。

「あぁ、リュシー！　なんて、美しい……」

リュシーを見下ろす視線は焼けつくように熱い。大きく開いた緑色の瞳孔がフィルの興奮を物語っていた。

フィルは女神に祈りを捧げるかのように、ゆっくりとリュシーの足元に額ずいた。そしてリュシーの足首を大きな手で捕らえると、小さな爪が並ぶ足の指を口に含む。

「ああっ！」

リュシーは思わぬ愛撫の感触に、大きな声を上げた。

「やめ……て……、きたない……からぁ」

頬を紅潮させ息も絶え絶えになりながらの抗議は、フィルに一蹴される。

「汚くなんてない。美しいよ。それに、リュシーの肌はとても甘い……」

そう言って再び足の指を口に含むと、指の間をねっとりと舐める。

「あ……、あぁ……」

リュシーはフィルの愛撫に、ただ声を上げシーツを掴んで耐えることしかできなかった。足先だけでこれほど感じてしまうのに、このまま進めば自分はもっと乱れてしまうだろう。

未知の予感に、リュシーは身体をふるりと震わせた。

その間にも、フィルの手はふくらはぎのあたりまで届こうとしていた。

ナイトガウンの裾を割り、次第にあらわにされてゆくリュシーの身体は、子どもを産んだとは思えないほどほっそりとしている。

愛撫の手はそのまま身体を這い上がるのかと思われたが、肝心な場所には触れず、上半身へと移っていった。

深い襟ぐりを割られ、むき出しにされた胸にフィルが吸いつく。フィルがそっと胸を揉み上げつつ、その頂を強く吸うと、リュシーは声を上げながらフィルの頭を抱きしめた。

「……っや、あぁ……、だ……め……」

「そんなに感じるのか？」

笑いを含んだフィルの声に、リュシーは全身を羞恥に染めた。

「や、も……う、へん……に……なるからぁ……」

速い呼吸の下で、ようやく恥ずかしそうに告げられた言葉に、フィルは舞い上がる。

「まだ降参には早いよ？」

フィルは不敵な笑みを浮かべると、リュシーの身体を素早く裏返し、うつ伏せにする。

今度は背中に沿ってくすぐるような、触れるか触れないかのぎりぎりの感触で手を這わせ始める。

最初はくすぐったさに笑いを漏らしていたリュシーは、いつの間にかかつてない感覚に襲われていた。

「やぁ、ふぃ……るぅ……、も……ぅ……」

両足の間の叢は蜜を豊かにたたえ始めていた。ぬるりとした濡れた感触にリュシーは驚く。肝心な場所に触れられてもいないのに、シーツにシミを作ってしまうほど蜜を溢れさせている。

そんな彼女の様子をフィルは愛しげに、それと同時に情欲の炎を灯した瞳で見つめる。

「リュシー……、すごいことになってるね？」

リュシーは恥ずかしさからシーツに顔を埋めた。

そして時折甘い声を漏らしながら、身体をびくりと震わせる。

彼の指は背中から腰を伝い、お尻をひとしきり揉みあげたあと、やはり肝心な部分には触れずに太ももへと進んでいく。

「ふぃ……る……、も……、だめぇ……」

「まだだ、リュシー」


フィルはようやく心を通わせた恋人が、身体を委ねてくれることに夢中になっていた。どれほど触れても満足することなどできない。そんな不満を癒してくれるのは、リュシーの一つ一つの仕草や声だった。

（私を刻みつけて、忘れられないようにしてやる！）

そんな焦燥が胸をじりじりと焦がす。リュシーが自ら求めてくれるまで、触れることができないことがひどくつらい。けれどそれこそが、フィルが己に課した枷だった。

（もっと、私を欲しがれ。私は君を求めておかしくなりそうだっ）

下半身は痛いほど張りつめ、すぐにもリュシーを貫けるほどにいきり立っている。

（リュシー、お願いだ。私の中の獣が鎖を食いちぎる前に、私を欲しがれ！）

フィルは思いの丈を込め、リュシーの小さなくるぶしに軽く歯を立てた。

優しい愛撫が続いていた中、急に歯を立てられ、軽い痛みが走る。だがそれすらも快楽へと変わり、堪えていたリュシーの欲望がはじけ飛ぶ。

「あぁ、も……、ふぃる……、おね……がい……」

フィルの願いは唐突に叶えられた。

「どうして……ほしい？」

フィルはごくりと乾いた喉を潤すべく、唾を呑み込んで尋ねる。

「ふぃる……が……ほし……い」

待ち焦がれていたセリフに、フィルの脳裏は焼けつくような赤色で埋め尽くされる。

枷をほどかれた獣がようやく許されたご褒美にありつこうとしていた。

フィルは身に着けていたナイトガウンをするりと脱ぎ捨てた。

日々の鍛錬で鍛え上げられた、無駄のない筋肉があらわになる。そしてその下肢には猛り切った欲望が存在を主張していた。

ダークブラウンの茂みから立ち上がる剛直は、ぬらりと露に濡れている。

彼は力の抜けたリュシーの身体をうつ伏せにしたまま、腰を掴んで引き起こす。

身体が不意に持ち上げられ、リュシーは目を瞠った。そして腰を高く掲げさせられた体勢のまま、一気に背後から貫かれる。

「あぁっ！」

膣内を容赦なくえぐりながら、求めていたフィルの一部が突き進んでくる。

あまりの快感に、リュシーの目からは涙が溢れた。

「あ、あぁっ、ん……う……」

涙は止まらず、いくつもの小さなシミをシーツの上に落としていく。

「やぁ、ふぃる……悲しくない……のに、涙が……止まらないの」

フィルは背後からリュシーの身体を強く抱きしめた。

「大丈夫だ。身体が驚いているだけだから、そのうち収まる」

「そう……なの？」

「ああ、……そろそろ動いてもいいか？」

「……ええ」

リュシーの了解の声に、フィルが抽送を開始する。

「ああっ！」

限界まで引き抜かれた楔（くさび）が、再び最奥めがけて打ち込まれる。

「っあ、リュシー、たまらないっ！」

子宮の入り口にまで先端が届き、全体を締め付けてくる快感にフィルは思わずうめいていた。

一方のリュシーもようやく涙は収まってきたものの、激しい抽送（ちゅうそう）に視界が次第に白く染まっていく。もう、耐えられない、と思った瞬間、リュシーの意識は快楽の階段を昇りつめる。

「あ、あ、あぁー！」

リュシーは抑えきれなかった声と共に、身体をがくがくと震わせた。

どうにか身体を支えていた腕からも力が抜け、顔が力なくシーツの上に投げ出される。

白い背中がさっと朱に染まり、震えながら昇りつめるリュシーの様子に、フィルも堪（こら）えきれずに欲望を放ってしまった。

腰が溶けてしまいそうな快感と、悪寒（おかん）のような快楽が背筋を走り抜ける。

「あぁ……！」

どくり、どくりと放出を終え、力を失ったリュシーの身体を抱きしめる。

いつか彼女の心の傷が癒（い）えたときには、再び子どもを産んでほしい。

そんな願いが不意に胸をよぎり、フィルはリュシーを強く抱きしめずにはいられなかった。

「……ふぃ……る？」

抱きしめる強さに何かを感じ取ったリュシーは、背後にいるフィルの顔を見ようと、首を捻(ひね)っている。

フィルは結合をとくと、正面から再びリュシーを抱き込んだ。自分の腕の中にすっぽりと収まってしまう彼女を抱きしめ、自然と愛を告げる。

「愛している……、リュシー。君だけを……」

「フィル……、私も……愛しているわ……」

リュシーはフィルの胸に顔を埋(うず)めたまま、愛の言葉を返す。

恥じらいを含みつつも、しっかりと愛を口にしたリュシーに、再びフィルは愛しさとともに欲望が込み上げてくるのを感じた。

思いのままに口づけを落とす。ふたりの舌が絡み合い、どこまでが自分でどこからが相手なのかもわからないほどに、深く、深くまじり合う。

「今度は、リュシーの顔を見ながら、一緒にいこう？」

「つえ？　また？」

再び存在を主張し始めたフィルの欲望に、リュシーは驚きの声を上げる。

「朝まで、寝かせないから、覚悟して？」

にやりと笑みを浮かべるフィルに、リュシーは顔を赤くして口ごもるしかなかった。

二十三　新たな誓い

リュシーは小鳥のさえずりに意識を浮上させた。けれど温かな背中の温もりが、再びまどろみへと誘う。

（なんて心地のいい温もり……。ずっと、このままこうしていたい。だけど、何かを忘れている気がする。眠くて、頭が働かない。……フィルが明け方まで眠らせてくれなかったせいだ。……って、ちょっと待って！）

リュシーはがばりと身体を起こそうとして、フィルの腕に遮られる。

「ちょっと、フィル！　放して！」

「もうすこし……」

「だめよ。いま何時かしら？　ディオンが起きてしまうわ」

「ディオンならもう起きているよ」

「え!?」

リュシーは思いがけない言葉に目を瞠る。

「ちょっと前に、乳母が知らせてくれた。リュシーはよく眠っていたから気づいていなかったみたいだな……」

「……っやぁー！　恥ずかしい。どうしよう？　ディオンはなんて思うかしら!?　ああ、もうっ！」

　なかばパニックになっているリュシーをフィルの口が塞いだ。

「ちょ……まっ、ん……」

　そのまま口腔を嬲られる。リュシーが大人しく身体をフィルに預けると、ようやく唇が解放された。

「落ち着け。リュシーは疲れているから、ディオンに先に朝食を食べさせるように言ってある」

　フィルの言葉でようやく冷静さを取り戻したリュシーの視界には、眩しいほどの裸身が映る。

　見下ろした彼女の身体にはそこかしこに鬱血の痕が散っている。その数はフィルの所有欲の強さを表しているかのようだ。

「もうっ！」

　恥じらいに頬を染めたリュシーは、いまさらながら、あたふたと身体にシーツを巻きつけた。

隣に寝そべるフィルは彼女の紅潮した白い背中にも鬱血の花びらが散っている光景を見て、唇に笑みを刻んだ。

(背中にもたくさん痕を残してしまったことに気づいたら、君は怒るだろうか？)

どうでもいいことを考えつつ、ぷりぷりと怒っているリュシーを抱き寄せる。

「おはよう、愛しいひと」

フィルはようやく手にした温もりを二度と離さぬために、愛の言葉で彼女を縛り付ける。

腕の中から逃れようと暴れていた彼女はそのセリフに動きを止めた。

「……おはよう」

(頬を染める彼女の姿が愛おしくてたまらない)

「リュシー、ちょっと話しておきたいことがあるんだが……」

「……なあに？」

リュシーは何を言われるのかと身体を強張らせた。

一方のフィルは気が進まなさそうな様子で、話し始める。

「君がブランシュへ来ることになった経済会議のときのことなんだが……」

フィルはそこで一旦話を中断させ、サイドテーブルに置かれたグラスに水を注ぐと、一気に飲み干した。再び注いだ水をリュシーにも手渡す。

リュシーは受け取ったグラスの水に口をつけた。

「最初に泊まろうとしていたホテルのことを覚えているかい？」

「ええ、確か手違いでひとり分の予約しか……」

「すまない。あれは嘘だったんだ」

リュシーの声を遮って、フィルは謝罪を口にする。

「ベルナールからの随行員のリストに君の名前を見つけてから、私は再び君を手に入れることしか考えられなくなった。だから、私の定宿のホテルに君を移動させるために、ホテルの支配人に頼み込んで君の予約をなかったことにしてもらったんだ……」

「だから、あんなに急に移動することになったのね。……じゃあ、もしかしてホテルのロビーであなたに再会したのは偶然ではないということ？」

「……そうだ」

フィルはいつになく気弱な様子でリュシーの言葉を肯定する。

「呆れただろう？　君を手に入れるためにこんな姑息なことまでして……、そのうえ見当違いなことで責めて傷つけてしまった……」

「ううん。……呆れてはいないけど、どちらかと言うと驚いてる。フィルがそんなことまでするなんて思っていなかったから……」

「ふふっ、恋に溺れた愚かな男は、手段を選んでいられなかっただけだ」

フィルの自嘲をリュシーの手がそっと塞いだ。

「もう……、過ぎたことでしょう？　それに結果的には上手くいったじゃない」

彼は唇を塞いでいたリュシーの手を掴み、その手のひらに口づけを落とす。

「ああ、こんな姑息な男でもリュシーが許してくれるのなら」

「許すわ」

「リュシー！　愛している。……愛している、二度と離れないでくれ」

「私も、愛しているわ。二度と離さないで」

リュシーはフィルの首に腕をまわして抱きつき、自ら唇を重ねた。

昨夜はあれほど愛を交わし合ったにもかかわらず、リュシーは下腹部がきゅっと疼くように感じてしまう。

触れ合っているフィルの身体の一部が熱く存在を主張し始めていることから、彼も同じ気持ちであることは明らかだった。

「リュシー……、いいか？」

「ええ。私もあなたがほしい……」

そう告げた瞬間、リュシーの身体はベッドの上に押し倒されていた。

かろうじて身体を覆っていたシーツは、すぐにフィルの手によって取り去られてしまう。朝の眩しい光の中で裸身をさらすことにリュシーは気恥ずかしさを覚えた。

だがフィルの唇が身体中をたどり始めれば、そのようなことを気にしている余裕などなくなってしまう。

「っは、……ぁああん」

唇と一緒にフィルの手が優しく肌をなぞっていく。リュシーの白く柔らかな肌の感触を楽しむかのように、その手つきはじれったいほどにゆっくりで、執拗だった。

「フィル……、フィルぅ……」

リュシーは与えられる感触に酔いしれた。

ゆっくりとした愛撫は、耐えがたいほどにリュシーの情欲を煽った。

（もう、なにも考えられない……）

触れられれば、その場所からさざ波のような快感が湧き起こり、全身に広がっていく。

リュシーはその波にゆったりと身を委ねた。

「あ……あぁ……」

口から漏れだす声は、もはやなんの意味も成してはいなかった。

すべてを預けてくれるリュシーの姿を、フィルは愛しげに目を細めて見入る。フィルはリュシーの花弁をかきわけ、花芽を見つけるとためらいなく唇を寄せた。

「ああっ！　ゃあああ」

突如として与えられた強い刺激を、リュシーはシーツを強く握りしめて受け止めた。花芽をなぶられ、口に含んで吸われれば、恐ろしいほどの快楽が身体を走り抜ける。耐えきれずに目を瞑れば、びりびりとした強い快楽はあっという間にリュシーを快楽の頂点に連れ去ってしまう。

「っや、あああああ……」

身体を震わせながら忘我の淵をさまようリュシーの意識を、フィルのキスが呼び戻す。

「リュシー、なんて綺麗なんだ……」

大きな波をやり過ごして、リュシーはゆっくりと目を開く。

（フィルにも、気持ちよくなってほしい）

リュシーはキスに応えながら、フィルの昂ぶりに手を伸ばした。

「リュシー？」

いつになく積極的なリュシーの様子に、フィルは戸惑っているらしい。不安げな問いかけに、リュシーは彼に向かって微笑みかけた。

「フィルも、気持ちよくなって？」

少しだけ首をかしげ、上気した顔で上目遣いに見つめられれば断ることなどできはしない。フィルはリュシーの隣に身体を横たえた。

「君の望むままに」

リュシーはどうやって彼を愛したらいいのかわからなかった。それでも、彼が自分にしてくれたようにやってみようと、恥じらいを捨て、恐る恐ると言った手つきで昂ぶりに手を這わせ始めた。

ダークブラウンの茂みから立ち上がる剛直は、リュシーの手の中で露に濡れていく。フィルの顔を見上げれば、らんらんと情欲を灯した目でこちらを見つめていた。眉根を寄せ、快楽に耐えるフィルの姿は男性らしい色気を放っている。

「う、はぁ……」

リュシーの手の中で剛直がびくりと跳ねる。その動きに誘われるようにリュシーは先端に唇を寄せ、口づけた。

「リュシーっ、……ああっ」

フィルの下肢が張りつめる。リュシーは、目を閉じて快楽に堪えているフィルの顔を眺めた。自分の手が彼を喜ばせることができたのだと思うと、思いもかけないほどの満足感を覚える。

「もう、……いい」

「え……、だめだった？」

（私は彼を満足させてあげられなかったの？）

不安に揺れる瞳でフィルを見つめれば、強く抱きしめられる。

「いいや、よすぎてもちそうにない。もう、君とひとつになりたい」

熱に浮かされたような瞳で見つめ返され、リュシーは上気した頬をさらに赤く染める。

「……うん」

リュシーがおずおずと頷くと、フィルは自分の上にまたがるように指示する。

「え……？」

戸惑うリュシーに、フィルは悪戯っぽい笑みを浮かべた。

「自分の好きなように動いてごらん？」

フィルの言葉に誘われて、リュシーは彼の身体にまたがると、剛直に手を添えて蜜壺にあてがった。

「っく、……っは、あ……」

彼を愛撫している間に、リュシーの蜜壺はすっかり準備が整っていた。溢れた蜜の滑りを借りて、リュシーはゆっくりと蜜壺に剛直を収めていく。

ひと振りの剣と鞘がぴったりと重なるように、リュシーとフィルは隙間なく繋がり合う。

「リュシー、……綺麗だ」

「フィル……、あなたも」

上半身をフィルの胸に寄せてもたれかかる。胸の下で脈打つフィルの速い鼓動が聞こえ、リュシーは彼の身体を抱きしめた。

それだけで胸にひたひたと幸せな気持ちが押し寄せてくる。

「リュシーは私の宝物だ。本当に……愛しくてたまらない」

フィルは彼女の腰を掴むと、主導権を取り戻す。ゆっくりと腰を突き上げ始めた。

「ああっ、フィルっ」

リュシーはフィルのもたらす嵐のような情熱に巻き込まれていく。突き上げられるたびに、身体の奥底まで快楽が走り、意識はとろけていった。

「あ……あぁ……」

フィルは緩急をつけてリュシーを揺さぶった。彼の情熱に翻弄されながらも、リュシーはフィルの動きに応え共に快楽を高めていく。

「はっ、はあっ、……リュシー」

フィルの強い突き上げに、リュシーは絶頂を極める。張りつめた身体がフィルを締め付け、フィルもまた同時に欲望を吐き出す。ふたりの意識は共に天上へ舞い上がった。

ゆっくりと地上に意識が戻ると、フィルは唇を重ねるだけのキスをする。

「愛しているよ」

「私も……」

リュシーはキスを返すと、荒い息を整えながらぐったりとフィルに身体を預けた。

互いの温もりを確かめ合い、湧き上がる幸福感に身を委ねていたふたりの耳に、扉の向こうから子どもの声が届いた。

一向に姿を現さないふたりに痺れを切らしたディオンの声だ。

ふたりは顔を見合わせ、くすりと笑うと、大急ぎで身なりを整える。

「さあ、行こう」

リュシーはフィルの差し出した手をとり、愛しい息子のもとへ向かう。最愛のひとと共に。

二十四　妻になる日

「妃殿下、もうすこしだけ腕をそのままでお願いいたします」

リュシーは結婚式に着るドレスの仮縫いに立ち会っていた。かれこれ一時間ほどが過ぎようとしている。

「リュシー、どんな様子？」

一緒に仕立屋に同行してきた王太子ブリジットが、控え室から顔をのぞかせた。

「あら、素敵ね。でももうちょっと胸を大きく開けたほうがいいかも」

「殿下……」

リュシーは義理の姉となるブリジットの言葉に脱力感を覚えた。

「わたくしはすでに子どももいる身です。あまり露出するのはどうかと……」

「あら、もったいない。女性は若いときよりも年齢を重ねたほうがデコルテは美しいのよ？」

「ですが……」

「やはり殿下もそうお思いになられます？」

服飾家のマダム・モクレールも、我が意を得たりと意気込んでいる。

ベルナールからブランシュへ進出し、成功を収めたマダム・モクレールが作るドレスは王室御用達（ごようたし）となっている。

「でしょう？　リュシー、諦めて私たちの言うとおりにするしかなさそうよ」

「殿下……」

リュシーはこの年上の女性には勝てる気がしなかった。諦めと共に大きくため息をつくと、早々に降参する。

「もう、お好きなようになさってください」

「うふふ、リュシーったら可愛いわねぇ」

ブリジットは新しく家族に加わったリュシーのことが可愛くて仕方がなかった。ずっと妹がほしいと思っていたのがようやく叶ったのだ。こうして一緒に出かけるのが楽しくて仕方がない。

「では、殿下のご意見も伺（うかが）いながら、もうすこし調整させていただきます」

マダム・モクレールの宣言に、リュシーはもうどうにでもなれという心境に達していた。

そのままふたりの盛り上がりに付き合い、仕立屋をあとにする頃には、リュシーはぐったりと気力を使い果たしていた。

リュシーがブリジットと共に、迎えの馬車を待っていると、入り口で女性とすれ違う。

「あら、シュザンヌ……」

「お久しぶりです。殿下」

ブリジットが女性に声をかけ、挨拶(あいさつ)を交わしている。リュシーは邪魔にならないように、一歩下がった。ふと、女性の視線がリュシーに向けられた。

「こちらがフィリップ殿下の……？」

緩(ゆる)やかにウェーブさせた金髪を綺麗に結い上げている女性は、リュシーのことを知っているようだった。絹のタフタで仕立てられたドレスは、彼女が上流階級に属していることを示している。リュシーはとりあえず会釈(えしゃく)すると、ブリジットが女性を紹介してくれた。

「こちらはシュザンヌ・デュルケーム。デュルケーム侯爵の息女よ」

「はじめまして。リュシエンヌ・ブランシュです」

「こちらこそはじめまして、リュシエンヌ様。フィリップ様と親しくさせていただいております」

シュザンヌの含みを持った言い方に、リュシーは眉をひそめた。

「シュザンヌはフィルの婚約者だったの」

（それでは、このひとがフィルと婚約していたひと……）

リュシーは改めてその女性を見つめた。侯爵の息女だという彼女は、確かにフィルに相応しかったのだろう。たっぷりのドレープとリボンを使って仕立てられたドレスに包まれた身体は、ほっそりとした腰と、豊かな胸を強調している。琥珀色の瞳を持つ容貌はいかにも貴族らしく、華やかな美しさに目を奪われる。

フィルの手がこの美しいひとに触れたのかと思うと、リュシーの胸にもやもやとした苛立ちが湧き上がる。

「そうですか……」

視線を伏せるリュシーに対し、シュザンヌは挑発的にリュシーを睨んでいる。

「シュザンヌ、愚弟があなたに対して申し訳ないことをしたとは思っているのよ。けれど、リュシーを責めるのは見当違いよ」

ふたりの間に流れる雰囲気を読み取ったブリジットは、リュシーを庇うように間に入った。三人の間に険悪な空気が漂う。

「馬車が参りました」

馬車の様子を見に行っていたマダム・モクレールがその場の空気を破る。

「ありがとう。では、また来るわ。シュザンヌもごきげんよう」

ブリジットがさっさと先に行ってしまったため、リュシーもあわててあとを追う。リュシーはシュザンヌの視線を痛いほど感じながら、馬車に乗り込んだ。

馬車の中は終始無言だった。

リュシーの意識はどうしても、シュザンヌのことに向かってしまう。

（フィルはあんなに綺麗なひとと婚約していたんだ……。侯爵のご息女ってことは、きっと周囲からも祝福されていたんだろうな）

馬車が王宮に着いても、考えごとに耽っていたリュシーは、ブリジットに声を掛けられてようやく我に返った。

「リュシー、着いたわよ」

「あっ、すみません。殿下」

恐縮するリュシーに、ブリジットは苦笑した。

「あまり気にしないことよ。シュザンヌはフィルに夢中だったけれど、フィルにとってはあくまで形式的な存在だったみたいだし……」

ブリジットの言葉を聞いても、リュシーの気持ちは一向に収まらない。もやもやとした気持ちを抱えたままブリジットと別れ、自分の部屋へ向かう。

「おかえりなさい。ママン」

「ただいま、ディオン」

リュシーがディオンとただいまの挨拶(あいさつ)を交わしていると、ちょうど仕事を終えたフィルが戻ってきた。

「リュシー、ディオン、ただいま」

「お帰りなさい、パパ」

「……お帰りなさい」

胸のざわめきが収まらないリュシーは、素直に挨拶を返すことができなかった。

リュシーの変化に目ざとく気づいたフィルは、そっとディオンに目配せをして部屋の外へと誘導した。

「リュシー、どうした？」

ディオンが部屋を出て行ったのを見届け、フィルは背後からリュシーを抱きすくめた。

「シュザンヌさんに会ったの……」

「そうか……」

その一言でフィルはリュシーの変化の原因に気づいた。

「あんなに綺麗なひとと婚約していたのね。私なんかがフィルの隣にいていいの？　血筋も確かで周りからも祝福されていたのでしょう？」

「いや、聞きたくない！」

リュシーは言いかけたフィルの声を遮った。

「いいや、聞いてもらう」

フィルはリュシーを強く抱きしめる。

「私が彼女と婚約したのは義務感だけだったと知っているだろう？」

「フィル、本当に？」

「……そうだ。君と結婚できないのならばだれでもよかったんだ。幼馴染で気心も知れている彼女ならば、彼女を愛しているふりも必要ないと思った。だから私は彼女に触れてもいない。私はひどい男だろう？」

自らを嘲笑うフィルに、リュシーは我に返る。胸のざわめきなどとうに消え失せていた。

「ごめんなさい。フィル」

「謝ることなどない。すべては私の不徳が招いたことだ。それでも……、君を諦めることができなかったんだ」

痛いほど強く抱きしめられ、リュシーはフィルの愛を感じることができた。

「フィル……、ありがとう。私を選んでくれて」

「私こそ、ありがとう、だ。こんな私を許してくれて」

背後から回していた手がリュシーの向きを変えさせ、フィルはリュシーに口づける。

リュシーは、そのキスに夢中になって応(こた)える。互いの思いを確かめるように、キスは長く続いた。

§

リュシーとフィルの結婚式当日、空はふたりを祝福するかのように晴れ渡っていた。

家族だけの結婚式は、歴代のブランシュ王家の結婚式を執(と)り行(おこな)ってきた大聖堂で行われる。この日のために、ベルナールからオーギュストとレオニー、リゼットも駆け付けていた。

控室で顔を合わせたアルヌー一家は、リュシーの晴れ姿に息をのんだ。

細かな刺繍(ししゅう)が施(ほどこ)された象牙(ぞうげ)色のドレスは、肩ひもがない型の物で、薄いチュールが肌を覆(おお)っている。プラチナブロンドの髪は緩(ゆる)くまとめられ、白い小さな花が編み込まれていた。

耳にはフィルから贈られた大粒のエメラルドのイヤリングが輝いている。

「リュシー、綺麗よ」

レオニーは感極まって、式が始まる前から涙を滲ませた。

「姉様、とっても綺麗よ。幸せになってね」

ブライズメイドを務めるリゼットは、リュシーが用意した水色のドレスを身にまとい、甲斐甲斐しくリュシーの世話を焼いていた。

花嫁を先導する役目を負ったディオンも、この日のためにあつらえたテイルコートを着こなしている。普段よりも気取った格好を本人も気に入ったらしく、あちこちで披露してはしゃいでいた。

「ぼく、お仕事頑張るよ」

「ディオン、ありがとう」

リュシーが微笑むと、ディオンは嬉しそうに満面の笑みを浮かべた。

「リュシー、そろそろ時間らしい」

オーギュストは花嫁を呼びにきた侍従から伝言を受け取り、リュシーの腕を取って大聖堂の入り口へと向かう。

鈴のついた杖を持ち、ディオンがリュシーを先導する。杖を床につき、悪霊を退ける

仕草をしながら、花嫁の歩む先を祝福していく。そのうしろを、リュシーが父と妹に付き添われて進む。

祭壇の前では紺色のテイルコートを着たフィルが、リュシーを待っている。この日初めてフィルの姿を目にしたリュシーは、その凛とした美しさに息をのんだ。

（本物の王子様だものね……）

リュシーは改めて、王族の一員となることを強く意識した。

総主教を兼務する女王が豪奢な祭服に、宝冠をかぶり、権杖をその手に祭壇の前で待っている。

オーギュストのエスコートで、リュシーはフィルの隣に並んだ。

握っていた手をフィルに預け、オーギュストが席に着く。ディオンも役目を果たし終え、自分の席に腰を下ろした。

「これより、フィリップ・カリエ・ブランシュとリュシエンヌ・アルヌーの婚儀を執り行う」

女王のおごそかな声が婚儀の開始を告げる。

「指輪の交換を」

フィルは付添いのポールから指輪を受け取ると、武骨な手で華奢なリュシーの指を持ち上げ、そっと右手の薬指にはめる。

リュシーもまたリゼットから指輪を受け取ると、フィルの右手に指輪を通す。緊張のあまり震える手で、苦労しながらはめ終えたときには、安堵のあまりつめていた息を吐き出した。

女王が長い祈祷文を読み上げ、夫婦となる者への心構えを示す。

ポールとリゼットの手によって、リュシーとフィルの頭上に冠が載せられ、女王が祈りを捧げると、結婚式は終わりを告げた。

リュシーにはとても長く感じられた儀式は、王族からしてみれば簡素過ぎるものだったらしい。式を挙げる前に、ラザール公やブリジットからはもっと大々的に行うべきだという意見が上がっていた。しかし、リュシーにとってはフィルと人生を共にすることを認められただけで満足だった。家族だけで行われるほうが、気分的に楽だということもある。

いずれ、ディオンの披露を含めて大々的なパーティが開かれることは仕方がないと、リュシーは覚悟を決めていた。

「ようこそ、王家の一員へ」

女王が総主教から義理の母親へと役割を変えると、リュシーに微笑みかける。

「ありがとうございます、女王陛下。幾久しく、よろしくお願いいたします」

「リュシー、そのセリフは、わたくしよりも隣にいる息子のほうが言ってほしそうよ？」

女王は茶目っ気のある笑みを浮かべると、祭服を翻して立ち去った。

リュシーが隣を見上げると、微かに頬を赤らめたフィルが視線をそらす。フィルは無言でリュシーの手を取り、控えの間へ進み始めた。

大聖堂から控えの間へ移動すると、緊張に強張っていたリュシーの身体からどっと力が抜けた。

（これでやっと夫婦として認められたんだ）

リュシーの胸になんとも形容しがたい気持ちが込み上げてくる。

（私はこの先、決して結婚できないと思っていたのに……たったいま、フィルの奥さんになったんだ）

フィルはリュシーを抱き寄せ、じっと水色の瞳を見つめた。リュシーもまた緑色のフィルの瞳をじっと見つめる。

「リュシエンヌ・ブランシュ、私はディオンの父として、そして君の夫としてこれから相応しくあるように、努力することを誓う」

「あなたの妻として、ディオンの母として、努力することを誓います。幾久しくよろしくお願いいたします」

どちらからともなく唇が近づき、誓いのキスが交わされる。

リュシーはあまりの幸福に、これが夢なのではないかと疑ってしまう。けれどもフィルの熱い唇が、これは現実だと教えてくれる。

「ぼくも！」

リュシーの足元にディオンが抱きつき、キスが中断される。ふたりの間に割って入ったディオンは、無邪気な笑顔で二人を見上げた。

「ぼくもこれからディオン・ブランシュになるんだよね？」

「ああ、これからもパパとしてよろしく頼む」

「もちろんだよ。パパ」

ディオンは大人ぶって笑って見せる。

この日、三人は晴れて家族としてのスタートを切った。

番外編　それぞれの出会い

ルーツ

　ママンはおしごとで遠くへ行ってしまった。ぼくはママンの帰りを待ち切れずに、家でそわそわしてた。

「リュシーが恋しいのね。ディオン、公園にでも行く？」

「うん」

　ばぁばが、退屈していたぼくを公園に連れて行ってくれた。

　大好きなばぁばと一緒に公園の砂場で遊んでいると、はしっこに背の高い男のひとがいるのに気がついた。なんだかキラキラして見えるくらい、とっても目立っている。

（誰だろう？　近所にこんなおおきい男のひとはいなかったはずだし）

「まさか……」

　ばぁばが手にしていたスコップを取り落とした。

（どうしたんだろう？）

と思って見上げると、さっき見かけた男のひとを見てばぁばはびっくりしてる。

（なんでだろう？　……でも、まあいっか）

そんなことより、ぼくには気になることがある。

がんばって大きな砂山を作りながら、おしごとにいってしまったママンのことをつい考えてしまう。ばぁばやジョゼットがそばにいてくれるけれど……

今回のおしごとはじぃじも一緒なので、夕ご飯を食べ終わったら、三人だけになる。

いつもは話をしたり、絵本を読んだりして過ごしていた時間が、とてもつまらない。

（はやくママン、帰ってこないかなぁ……）

そんなことを考えながら、スコップですくった砂を積み上げていると、いきなりばぁばが立ち上がった。

「ディオン……、砂場遊びはそろそろやめにして、お家に帰ってもいいかしら？」

「うん！」

ママンが帰ってくるまで、あとなん日かかるんだろう……

ママンとじぃじのおしごとはあとちょっと。もうすこしすれば帰ってくる。ぼくは自分にそう言い聞かせてみるけど、やっぱり寂しかった。

家へ帰るとちゅう、ばぁばはなんだかそわそわしている。

「ばぁば、どうかした？」

「いいえ、なんでもないわ」

あわてて笑って見せるばぁばに、ぼくはばぁばが大丈夫って言うならきっとそうなんだと思った。

そして数日がすぎて、ママンとじぃじが無事に帰って来て、ぼくはほっとした。

買ってきてくれたお土産もうれしかったけれど、それよりママンがそばにいてくれるほうがもっとうれしい。

これでまたママンと一緒にいられるって思っていたけど、その日、ぼくがばぁばと公園で遊んでいたときに見た男のひとが家に来た。

（あれ？）

なんだか見たことのあるおっきな男のひとは、「あいさつ」に来たらしい。なんのあいさつだろう？　気になったけど、すぐにジョゼットさんと一緒に上に行ってなさいって言われて、ちょっとしか顔を見ることができなかった。

それでもぼくはすぐに気がついた。

（もしかして、このひとがぼくのパパじゃないの？）

だって、ぼくにそっくりだったんだ。

だからぼくはママンに聞いてみたんだ。

「ねえ、ママン」

「なあに？」

「あのひとがぼくのパパなの？」

ママンはなぜかすごくかなしそうな顔をしていた。ぼくはそんな質問をしてしまったぼくが悪いことをしたような気がした。

「……そうよ」

「やっぱり！　ぼくすぐわかったよ。……でも、どうしていままでぼくはパパに会えなかったの？」

「それは……、パパはディオンのことを知らなかったのよ。ママンが教えなかったの」

「どうして？」

「その頃、パパはまだ勉強中だったし、忙しくてママンとディオンを支えられるほど余裕がなかったの。だからママンは言わなかったの……」

「ふうん」

よくはわからないけど、あのひとは何をしに来たんだろう？　ぼくを迎えに来てくれたのかな?

ぼくの頭にはいろいろな質問が浮かんでいた。

ぼくはいちばん気になることを聞いてみた。

「じゃあ、あのひとはこれからぼくのパパになるの?」

「どうかな……。ディオンはあのひとがパパになってほしい?」

「まだ、わかんない。あんまり話もできなかったし……。でもぼくのことすごく優しい目で見てた」

まわりの友達にはみんなパパがいる。パパがいないのはぼくだけ。

だけどその話をすると、ママンがかなしそうな顔をするから、ぼくはいままでママンにパパのことを聞かないようにしてたんだ。

やっぱりあのひとが、ママンにあんなにかなしそうな顔をさせたのかな? だとしたら、ぼくはあのひとのことが嫌いになるかもしれない。

だけど……、ママンはぼくを見ているときにすごくうれしそうな、でもかなしそうな顔をしているときがあるんだ。もしも、あの男のひとのことを考えていたのだとしたら、いまでもママンはあのひとのことを好きなの?

ぼくは怖くて、ママンに聞くことができなかった。

そして、それからなん日かが過ぎて、あのひとがまた家にやってきた。そのひとはしゃがんでぼくの目をまっすぐに見ながら話しかけてきてくれた。

「こんばんは。ディオン君。会うのはこれで二度目だね」

「こんばんは」

ぼくはすこし、ううん、もうぜんぜんどうしていいのかわからなくなった。

いきなり目の前に現れたフィリップという男のひとは、近くで顔をよく見ると、やっぱりものすごくぼくに似ているんだ。目の色を除けばほとんど同じだ。

ママンにも、じぃじやばぁばにも似ていないぼくの顔。でも目の前のひとにそっくりだった。

このひとがぼくを見つめる目はとっても優しい。ぼくは初めてお話しするけど、このひとのことは嫌いじゃなかった。

フィリップなんとかって、名乗った男のひとは、ぼくのパパだと言った。

やっぱりパパなんだ……

ママンから教えてもらっていたし、このひとがパパだってことは知っていた。

でも、こうして目の前にすると、うれしいような、ちょっと腹が立つような複雑な気持ちになる。

「――パパと呼んでくれたら嬉しいが、難しかったらフィルと呼んでくれるかい？」

ぼくはこのひとのことをパパって呼ぶのは、まだちょっと嫌だった。このひとがちゃんとママのことを守ってくれるってわかるまでは、パパとは言いたくない。だから、わざとフィルという名前で呼んだ。

「……フィル？」

それなのに、フィルはぼくが名前を呼ぶと嬉しそうに笑った。

ちゃんとぼくの名前を呼んでもいいか聞いてきたから、すこしほっとする。勝手に名前を呼ぶんじゃなくて、ちゃんと尋ねてくれたから、このひとはやさしいひとなのかもしれないと思う。

でも、やさしいひとならどうしてずっとママやぼくに会いに来てくれなかったんだろう。フィルの姿を目にしたときから、ずっと気になっていたことを思わず訊いてしまった。

「フィルは……、ぼくが要らなかった？」

フィルはとってもびっくりした顔になって、それからとてもさびしそうに笑った。

「まさか！　リュシーが君を産んでくれたことを知って、とても嬉しかった。だから、遅くなってしまったけれど、こうして君に会いに来た。ディオン、本当にすまなかった」

フィルはぼくに向かって頭をさげた。

ごめんなさいって言っているのはわかった。でも、かんたんには許してなんてあげたくなかった。

（ぼくにはママンとじぃじとばぁばとジョゼットさんがいれば、さびしくないんだ）

「これから私と仲良くしてくれると嬉しいな」

フィルと友達になれたら、もっと楽しくなるかもしれない。だけど、どうしてもこれだけは譲れなかった。

「フィルが……ママンを大事にしてくれるなら……」

フィルはなんだかいろいろ言っていたけど、ママンのことが好きだっていうことはよくわかった。

（もしも、このひとがちゃんとママンを大事にしてくれるなら……、いっしょにいてもいいかな……）

そんな風に思い始めていた。

それからぼくはフィルとすこしずつ仲良くなっていった。

フィルはぼくをディオンと呼んで、ぼくはムッシュ・ブランシュじゃなくてフィルって呼んでもいいことになった。

それから一緒にお出かけして、もっと仲良くなった。汽車に乗せてくれて、パパとママンがいってた「大学」っていうおおきな学校に行くことになったんだ。

パパがいたらこんな感じかなぁって思った。だからママンに聞いてみたんだ。フィルのことをパパって呼んでもいい？って。

「別に……、ディオンが呼びたいなら呼べばいいわよ」

「本当に!? いいの？」

「ええ……」

ぼくにはママンがいればいいと思っていたけど、やっぱりパパもほしいんだ。

「……パパ」

ぼくがフィルをそう呼んだら、フィルはとってもうれしそうにしてた。ママンはどうしていいのかわからないみたいだったけど。

ぼくはパパが好きだよ。だけど、ママンを泣かせるならパパはいらない。

ママンはぼくがちゃんと守ってあげるんだ。でもそんなことにならないように、頑張ってママンを守ってね、パパ。

失ったもの、得たもの

パトリックは自室のベッドに横たわり、天井を見上げていた。

（私はいったい何を見誤ったのだろうか？）

幼い頃から共に過ごしてきたフィルのことならなんでも知っているはずだった。

それなのに……

まだあどけない表情で微笑みかけてくるフィルを思い出し、リックの意識は幼い頃の記憶の海を漂（ただよ）い始めた。

§

七歳だったリックは、王太子であるブリジットとの相性を見るために、時折叔父（おじ）であるデュルケーム侯と共に王宮を訪れていた。そこではお茶会と称して、リック以外にもブリジットと年齢の近しい男児が集められていた。

それはお茶会とは名ばかりの将来の婿探しだった。

リックと同い年のブリジットは勝気な少女で、正直なところリックは彼女を苦手としていた。成長期を迎えていたブリジットはリックよりも身長が頭一つ分ほど高い。体格で彼女に劣り、口でも勝つことができないことに、リックは辟易していた。

そんなブリジットと共に過ごす時間は楽しいものではない。それに、リック以外にも相手は大勢いる。自分ひとりぐらいがいなくても、気づかれないだろう。

そう考えたリックは、ある日お茶会の会場を抜け出し、庭園へ遊びに行ったのだった。

そこで見つけた自分より頭一つ分ほど背の低い少年と意気投合し、仲良くなったのはすぐのことだった。

手入れの行き届いた中央庭園にはごみ一つ落ちておらず、子どもが遊ぶには不向きだ。けれど王宮の裏手へ回れば、小さな庭園も存在している。中央庭園ほど整えられていないので、遊ぶのにちょうどいい。リックはそんな庭の一つへと足を踏み入れた。

リックはそこで、大きな木の下にあるベンチに腰掛けている人影を発見した。非常に顔立ちの整った少年で、上質な服を着ている。先客がいるとは思わなかったリックは、驚きにぎくりと身体を強張らせた。

(きっと俺といっしょで、茶会にうんざりして抜け出してきた少年だろう)

そう考えたリックは、強張らせていた身体から力を抜いて、少年に声をかけた。

「なあ……どうしてここにいるんだ？」

少年はリックの声に驚き、目を瞠ったがなにも言わない。つまらなさそうな表情で沈黙を貫く少年に、リックは気まずく思いながらも、次々と口から飛び出る言葉を止められずにいた。

「……お前もお茶会が嫌だったのか？」

少年はそのセリフに反応し、身体をビクリと震わせた。

（なんだ、やっぱりお茶会に来ていたんだ！）

リックは同志を見つけたような気分だった。

「なぁ、いっしょに遊ぼう！」

「僕と……？　うん、いいよ」

少年はそれまでの表情を一変させる。

「俺はパトリック。リックでいいよ」

「じゃあ、僕のことはフィルって呼んで」

「おう」

リックは無邪気に微笑みかけてくるフィルの笑顔を見て気恥ずかしく感じたが、そんな気持ちは遊び始めるとどこかへ消え去ってしまった。

一緒に庭園を駆け回り、木に登ったりしているうちに、時間はあっという間に過ぎてしまう。お茶会の会場から消えたリックを探しに来た叔父によって、少年の正体がフィリップ殿下だと知ったときの衝撃は大きかった。

「フィリップ……殿下？」

リックはたったいままで一緒に遊び回った相手を恐る恐る見つめた。

「そうだ。失礼なことをしなかっただろうな？」

侯爵の位にある叔父は、保身のために甥であるリックが失礼な行動をとっていなかったかをしきりに気にしていた。

「いえ……、大丈夫だと……思います」

リックはフィルを見下ろしながら、背中に冷たいものが流れるのを感じた。しどろもどろになりながら、叔父に答える。

「楽しかった！　リック、また一緒に遊ぼう？」

リックはフィルの言葉によって救われた。

「殿下がそうおっしゃるのでしたら……」

叔父が了承するのを隣で眺めながら、リックはほっと胸をなで下ろした。

それまでブリジットの将来の伴侶候補として王宮に参上していたリックは、フィルとの交流を機にフィルの遊び相手として王宮に向かうことになった。

フィルは王族としては模範的な少年だった。王となる姉を補佐するべく、自分の立ち位置というものを正しく理解していた。何事も全て姉が優先で、自分があと回しになっても文句のひとつも言わない。

そんなフィルを守ってやらねばと、リックは勝手に自分をフィルの兄のように思っていた。

（いずれフィルのそばで、彼を支える人間になりたい）

リックはそのために学業に精を出すのはもちろんのこと、護身術についても学び始めた。

優秀なフィルに負けるわけにはいかない。常に自分が彼の先を行くようでなければ、必要とされないだろう。

そんな強迫観念にも似た思いに突き動かされ、リックは努力を重ねた。

その努力が実り、リックは遊び相手としてだけではなく、良き相談相手としてそばにいることを許された。フィルが隣国へ留学することが決まったときも、当然のように行動を共にしていた。

そしてフィルは、そこで運命の女性と出会ってしまった。

フィルはリュシエンヌというその女性と付き合うにはどうしたらよいのか、度々アドバイスを求めてきた。

リックにはまともに恋愛経験と呼べるものはなかった。自分に近付いてくるのはフィル目当ての女性ばかり。だが、表面上は優しく、気配りを欠かさないリックの周囲から女性の姿が途絶えることはなかった。

けれど、リックと付き合う女性は決まって『自分と殿下のどちらが大切なの？』という問いを口にする。

（フィルと比べさせるなんて、バカバカしい。恋人ならば替えはいるが、フィルは俺の全てであり、何者にも代えることのできない存在なのに）

リックにとって、フィルは己の存在意義であり、何においても優先されるべき存在だった。フィルという主と、己の恋人を比べるという発想がそもそも存在していなかった。

そんな態度を貫くリックと、恋人との交際が長く続くはずもなく、リックにとって恋人とは性欲を発散させるためだけの存在だった。

だからフィルがどうしてそこまでリュシエンヌというひとりの女に固執するのか理解できなかった。フィルの心を占め、夢中にさせる彼女の存在に、リックは恐怖した。

（フィルのそばに立つことを許されるのは、俺だけのはずだ！）

そんな醜い嫉妬心をひた隠しにし、リックはフィルに助言を行う。

警備を理由にベルナールでは身分を明かさないようにと言えば、フィルは素直に頷いた。

無理を通してフィルについていった先で会ったフィルの思いびとは、特別優れた人間ではないように思えた。彼女はフィルのわかりやすい誘いを、なんでもないことのようにさらりとかわしている。

（彼女はフィルのことを何も知らない）

リックは心の中でにやりとほくそ笑んだ。

「これからもフィルのいい友人でいてやってくださいね」

（俺のほうがフィルの役に立つことができる。何も知らない女が、フィルのために何ができる？）

リックはようやく安堵することができた。

けれど、その安堵も長くは続かなかった。フィルから彼女と付き合うことになったと聞いたとき、再びどうしようもない恐怖に襲われる。

（なぜだ？　どうしてフィルは彼女を必要とする？　性欲だけを満たせばそれでいい

じゃないか？）

しばらくの間は静観することにしたが、やはり彼女がフィルにとって必要のない人間であるという考えが揺らぐことはなかった。

そして、とうとうふたりを引き離すことを決意する。

フィルの隙をついて彼女を呼び出すことは簡単だった。

フィルの本当の身分を告げると、婚約者がいるという嘘を、彼女は容易く信じた。

そしてたった一通の手紙を残してフィルのもとを去ったのだ。

相当な衝撃だったのだろう。彼女の姿を大学で見かけなくなった。調べてみると、どうやら自宅へ戻ったらしい。

（やった！　これでフィルの心を煩わせる存在はいなくなる）

リックは内心で快哉を叫んでいた。

だが、フィルは彼女からの一方的な別れに納得していなかった。自宅へ押しかけようとするフィルを押しとどめるために、リックは再び嘘を重ねた。

「リュシエンヌは他の男性とも付き合っていたらしい。そんな女にこだわらなくてもいいだろう？」

そう告げたリックをフィルは恐ろしい目で射抜いた。

「本当に？」

「ああ。彼女の友人から聞いた」

（彼女が他の男性と付き合っていたなどとは大嘘だ。だが、フィルと共に育った俺と、彼女のどちらを信じる？）

フィルの目から光が失われた。

（勝った！　俺は彼女の存在に勝ったのだ！）

だが、それを機にフィルは変わってしまった。

それまでの快活さはなりを潜め、女性に対しても興味を持たなくなったようだ。これはという女性をあてがってみても、冷たい態度でするりとかわしてしまう。

それでもいずれ王族として血族を残すために、フィルは結婚を避けて通れない。その点、リックの叔父の娘であり、従姉妹でもあるシュザンヌ・デュルケームは理想的だった。

婚約候補者リストの筆頭にいたシュザンヌとの婚約をフィルになんとか承知させたが、ふたりの関係は冷めたものでしかなかった。

いや、正確にはフィルに思慕を寄せ、ずっと見つめ続けてきたシュザンヌは、フィルの心が自分にないことを見抜いていた。だからこそ一歩引いた態度を貫き、いずれフィルの気持ちが自分へと向けられることを待っていたのだろう。

我が従姉妹ながらその洞察力と、計算高さには恐れ入る。

恋愛感情という理解の及ばないものではなく、政略という約束に基づいた関係は、リックの存在を脅かすものではない。

シュザンヌはフィルに対して恋愛感情を持っていたようだが、一方のフィルはリュシエンヌと別れてからは、誰にも心を動かされた様子はなかった。当然、シュザンヌに対しても当たり障りのない態度で接している。

(やはり、これでよかったのだ。フィルが頼りにするのは俺だけでいい)

そしてそれがずっと続くと信じて疑わなかった。

だが、ブランシャールで開催される経済会議の随行員の中にリュシエンヌ・アルヌーの名前を見つけたフィルは豹変した。

それまで王族としての権限など滅多に振るうことのなかったフィルが、無理を通して画策する様はリックを震撼させた。

(まだ、彼女のことを忘れてはいなかったのか……)

リックが恐れていたことが現実になろうとしていた。

あわててリックは、本来の役割に忠実に、調査員をリュシエンヌの自宅へ派遣させる。

そして彼らが持ち帰った報告はリックを絶望へと突き落とした。

（俺は、なんということを……）

彼女はフィルに黙って子どもを産んでいたのだ。

その事実をフィルに隠しておけるはずもなかった。

報告を受け、徐々に顔色を失っていくフィルの姿をどこか他人事のように見ていることしかできない。これまで堅く揺らがぬと信じていた足元が、ゆっくりと音を立てて崩れていくような感覚に襲われる。

フィルがベルナール共和国へ黙って出かけたことを知り、リックはすぐさまあとを追った。そして遠くから見かけた子どもの姿は、リックが幼い頃に王宮の庭園で出会った少年とそっくりの顔をしていた。

（ああ、フィル。これはフィルの子だ……）

ゆっくりと近づいていた崩壊の足音は、すぐそこに迫っていた。

改めて目の前に現実を突き付けられたリックは、自分が犯した過ちはフィルだけでなく、フィルの息子やその母親までも苦しめていることに気づく。

罪の意識に押しつぶされそうになりながら、リックは覚悟を持ってフィルと対峙した。

だが彼から返ってきた反応は、激怒を通り越していた。

『もうそなたに求める助言などない』という彼の言葉は、ひどく冷たく胸につき刺さった。

（フィルが俺を許してくれるとは思っていない。だが、無視されるくらいなら怒ってくれたほうがマシだ）

リックは自宅にこもり、フィルの断罪を待っていた。しかし待てど暮らせど呼び出されることはない。

自宅に引きこもり、部屋から出てこなくなったリックの目を覚まさせてくれたのは父、セドラン侯爵だった。すっかり自らの殻に閉じこもっていたリックを、怒鳴りつける。

「何をしている！　お前の居場所はここではないだろう！」

滅多に声を荒らげることのない父が、声を荒らげたことにリックは驚いた。

そして放心し、まともに判断もできないままの状態で、ポツリポツリとリックは己の所業を父にうち明けた。けれどリックの犯した罪を知ってもなお、父はリックを責めなかった。

「どうして私を責めないのですか？」

「すでにお前は十分に反省しているように思う。同じ過ちを繰り返すことはしないだろう。私とて主と定めた方を思う気持ち故に、暴走したこともある。似なくてもいいところばかり、私に似てしまったな……」

心底不思議そうな息子の姿に、セドラン侯爵は苦笑する。

リックは、父が王配殿下ラザールの学友であったことを思い出した。

（父上もまた同じように悩んだのか……。結局、私はフィル以外に仕えるつもりなどないのだ。初めて出会ったときから今日まで、私は彼以外の人間に使われることなど耐えられなかった。だが、肝心の主からは何も望まれなくなったことが私に下された罰なのだろう）

リックは今後どうすべきか、未だ答えを見いだせずにいた。そうしているうちに、父親からある噂を耳にした。

フィルがシュザンヌとの婚約を解消し、ベルナールへ旅立ったというものだ。

（やはり、フィルは行ってしまったのか……）

長いときを共に過ごしてきたリックには、フィルの取るであろう行動が手に取るようにわかった。

（きっとフィルは彼女の心を手にして帰国する。そのときにすこしでも彼女の立場が良くなるように助力できれば、それがフィルのためにもなるはずだ）

いまの自分にはフィルのそばにいる資格などない。

こんなことが償いになるとは思えなかったが、自分にできることはこれくらいしかない。リックはフィルのために動き始めた。

王位を継ぐのは王太子であるブリジットと定められている。

しかし宮廷では、三十歳になっても伴侶を定めていないブリジットの後継を懸念する声が上がっていた。デュルケーム侯爵の娘であるシュザンヌとの繋がりが失われたとはいえ、元来有能なフィルには支持者も多い。そこへ来てフィルがすでに子をもうけていることが発覚すれば、フィルの周囲に貴族たちが群がるであろうことは想像するに難くない。

リックはフィルには気づかれぬよう、細心の注意を払って行動を開始した。

貴族たちの動向を掴むことが、当面の課題だった。幸い、リックには父セドラン侯爵という強い味方がいた。日々、情報収集をするうちに貴族たちの思惑が浮き彫りにされていった。そんな中、「シュザンヌが何やらよからぬことを画策しているようだ」という情報を得る。

父から聞いた噂を確かめるべく、リックは動き始める。

リュシーとディオンを連れて帰国したフィルは家族のために、これまで以上に熱心に政務に励むようになったらしい。忙しいフィルに代わって、王太子ブリジットが義理の妹となるリュシーを連れまわしているという報告も聞いている。

その隙を縫って、シュザンヌとその父親はリュシーに危害を加えるつもりのようだ。フィルとリュシーが結婚式を挙げる前だからこそ、ふたりの間に割って入るならばいましかない。

（シュザンヌはもっと賢い女だと思っていたが、私の思い違いだったということか）

妬みという感情に振り回され、愚かなことをするのは女ばかりではないと知っていたリックは、シュザンヌのことが他人事とは思えなかった。

（私もまた嫉妬という醜い感情に囚われ、フィルとリュシー、そしてフィルの子どもの運命まで変えてしまった。こんな私が言えた義理ではないだろうが……）

リックはシュザンヌが、自分のように取り返しのつかない過ちを犯す前に、彼女の企てを阻止することを心に誓った。

§

その日もやはり忙しいフィルに代わって、ブリジットがリュシーとディオンを連れ出すことになった。

ブリジットは貴族の社交場である競馬場へふたりを連れ出した。

王家の主催で開かれるレースに、王太子としての挨拶をするため訪れる必要があったのだ。加えて、リュシーが貴族社会に慣れるという意味でも、手始めとして相応しい場所だと思われた。

競馬場には、競馬よりも社交を目的として訪れる貴族のほうが多い。

厳密に定められたドレスコードに従って、リュシーはこれでもかというほど飾り立てられていた。絹のチュールを重ねたドレスは、マダム・モクレールの店で仕立てたものだ。シルクの手袋を身に付け、日傘を持てば準備は完了だ。

男性も黒またはグレイの正装をする必要があり、ディオンは用意されていたグレイのテイルコートを身に着け、揃いのシルクハットをかぶった。

王宮の執事を務めるアンセルムから情報を仕入れたリックは、密かに三人のあとをつけていた。

もちろん王太子であるブリジットの周囲には数人の護衛が張り付いている。けれどフィルの婚約者であるリュシーとその子どものディオンは、警護の優先順位がどうしても低くなってしまう。もともとそうした環境に慣れていないリュシーは、警護を受けることにも抵抗があるらしく、護衛も最小限にとどめられていた。

「うわー！　こんなにいっぱいひとがいてすごいね」

「本当に。目がちかちかしてしまうわね」

ディオンは、多くの着飾った貴族の姿に目を瞠（みは）っていた。

豪奢（ごうしゃ）なドレスに身を包んだ女性と、それをエスコートする貴族たち。それだけではなく、貴族階級ではない一般の市民も着飾って集まっている。レースの勝敗が決するたびに、競馬場には怒号（どごう）と歓声が入りまじる。

リュシーはロイヤルボックスの中から、勝敗の行方に一喜一憂する観客の様子を興味深げに眺めていた。

リックはロイヤルボックスからはすこし離れた後方で、リュシー親子の様子をうかがっていた。

いまのところ、彼女たちに近付く者はいない。けれど父の仕入れた情報が確かならば、今日、この場所でシュザンヌはなんらかの行動を起こすはずだ。

リックが手に入れたのは、シュザンヌが競馬場用のドレスを至急で仕立てさせたという情報だった。彼女は競馬場という社交場を好んでおらず、これまで姿を見せることはなかった。そのため、競馬場に足を運ぶためには新たにドレスコードに沿ったドレスを新調する必要があったのだ。

リックは警戒を緩めることなく辺りを見回した。

いた！

リックは間違いであってほしいと願っていた従姉妹の姿を客席に見つけ、大きく息をついた。

白と黒のモノトーンでまとめられたドレスに、揃いの帽子を身に着けたシュザンヌは相変わらず美しい。けれどリックの目には彼女がやつれているように見えた。思いびとから婚約を破棄されたことが原因かどうかはわからないが、思い詰めているのは確かだろう。

本日最後のメインレースのスタートを告げるファンファーレが鳴り響く。

時機を見計らったかのように、シュザンヌは動き始めた。うつろな顔でボックスシートを抜け出して、ロイヤルボックスへと近づいていく。

（なんらかの行動を起こすことは予想の範囲だったが、まさかシュザンヌ本人が動くとは！）

白と黒の帽子が動き始めたのを見て取ったリックは、全力でシュザンヌのもとへと走った。

（頼む！　間に合ってくれ！）

シュザンヌが向かうロイヤルボックスまであと数歩という距離で、リックは彼女に追いつく。

「シュザンヌ！」

「リック！」

リックはなんとか彼女の前に立ちはだかることに成功した。

青ざめるシュザンヌの手には、小さなナイフが握られていた。リックは素早くシュザンヌの手を掴むと、リュシーの視界に入らないように移動する。

最終レースの最中で観客は興奮状態だった。シュザンヌの行動はリュシーの護衛たちにも気づかれていなかった。

リックはシュザンヌの手を掴んだまま、自分の席に連れて行く。

「ナイフから手を離しなさい」

真っ青な顔で震えるシュザンヌは、素直にリックの声に従いナイフを取り落した。シュザンヌが反対の手に持っていた鞘を取り上げて、ナイフをジャケットの内側に仕舞うと、リックはようやくひと息つく。ひとを殺めることなどできないほどの小さなナイフだったが、傷をつけるには十分だった。

（自らが刃を向けざるをえないほど、思いつめるとは……）

「……間に合ってよかった」

「どうして……止めたの？」

震えながらも、シュザンヌは目をぎらつかせてリックを睨みつけた。

「我が親愛なる従姉妹殿。たとえあなたがリュシエンヌ様を害したとしても、フィルの愛を得られないことなど、賢いあなたならわかっているはずだ」

それまで爛々と目を光らせていたシュザンヌの表情が一変する。

「自分でも愚かだとは思うわ。それでも、わたくしはフィリップ様の愛を受けるあの方が許せないの。わたくしには与えられなかった愛を一身に受けるあの方が憎くてたまらないの。憎しみが膨れ上がって自分でもどうしたらいいのか……」

シュザンヌは震える声で心情を吐露した。

自分にも身に覚えのある感情に、リックは同情を禁じ得なかった。

「昔……、リュシエンヌ様がフィルの前に現れたとき、私も同じことを思ったよ。どうしてフィルのそばにいることを許されるのが自分ではないのかって」

「リック……」

思いもかけない告白に、シュザンヌの張りつめていた緊張の糸が切れる。足から力が抜け、シュザンヌは崩れるようにベンチに腰を下ろした。

リックが覗き込んだシュザンヌの瞳からは、狂気の色は失われていた。

「わたくしはずっとフィリップ様のことを見てきたわ。だから、フィリップ様が彼女しか見ていないことはわかっていたの。それでも、いつかわたくしを見て下さるかもしれないと願わずにはいられなかった。彼女さえいなければと……」

うつむいたまま、シュザンヌは自分の気持ちを打ち明ける。その声には次第に嗚咽がまじり始めていた。

「なにが起ころうとも、フィルがリュシエンヌ様を想う気持ちは変わらない」

残酷だと知りつつも、リックは真実をシュザンヌに告げる。現実を見つめなければ、シュザンヌもまた前に進めない。

「リックぅ……わたくし……どうしたらっ」

シュザンヌの泣き声に、リックはしゃがんで視線を合わせるとそっと彼女の手を取った。

「取り返しのつかない過ちを犯す前に止められてよかった」

その瞬間、堰を切ったようにシュザンヌは泣き始めた。周囲の視線から隠すべく、リックはシュザンヌの身体を抱き寄せる形で競馬場の外へ連れ出すと、侯爵家の紋章が入った馬車を探す。

シュザンヌは大人しくリックに連れられて歩いていく。

つる薔薇の紋章のついた馬車を見つけると、リックはシュザンヌを馬車に押し込んだ。

「さっさと家に戻れ！」

リックが語気も荒く御者に指示を出すと、ぼうっと油を売っていた御者は尻に火がついたようにあわてて馬車を出発させる。

本当ならばシュザンヌが落ち着くまでそばについてやりたいと思ったが、リックにはまだすべきことが残されていた。

馬車を見送ったリックは、自分の席へ戻る。

予想どおりそこにフィルの護衛であるポールの姿を見つけた。

「先ほどはデュルケーム侯爵令嬢を止めてくれて感謝する」

「やはり気づいていたのか……」

ひとごみの中にポールの姿を見つけたリックは、フィルが自分のもっとも信頼する護衛をリュシーにつけていることを確信した。シュザンヌの行為を未然に防ぐことはできたが、ポールの目をごまかすことはできないだろうと思い、自分の席に戻ったのだ。

「もちろんだ。できるだけリュシエンヌ様のご負担にならぬよう、陰ながらお守りさせていただいていた」

胸を張って答えるポールに、リックは苦虫をかみ潰したような顔でポールを問い詰めた。

「あそこまで近づけておいて、守っていたと言えるのか?」

「パトリック殿ならば未然に止めてくれるだろうと思っていた」

リックよりも大分年上のこの護衛は、フィル同様、リックにも何かと目をかけてくれていた。しれっと言い放つポールに、リックは強張っていた肩の力を抜いた。

「殿下に報告するならば好きにしたらいい」

諦めと共に言い放ったリックは、ポールの言葉に愕然とする。

「報告するならば、パトリック殿が直接殿下に申し上げればいい」

「何を！　私はっ！」

ポールの言葉にリックは我を忘れそうになる。

「殿下はパトリック殿が側近としてそばにいることを望んでいると推察されるが?」

「私にそんな資格がないことは、あなただってよく知っているはずだ」

ポールの私見を怒鳴りつけてしまいそうになる自分を抑え込んで、リックは極力冷静に振る舞った。

「それでも、あなたはきちんと殿下に報告と謝罪をすべきだ。資格があるかどうかは殿下が判断されることだろう」

ポールの言葉に、リックは考え込む。未だフィルに対してきちんとした謝罪をしていないことは確かだ。

リックは覚悟を決め、ポールと共に王家の馬車に乗り込む。

馬車の中には王太子ブリジット、そしてリュシーとディオンもいた。リュシーの姿を目にしたリックはたじろいだ。

それはリュシーも同様で、リックを目にした瞬間、痛みを堪えるような表情を浮かべた。それでも自分が守られたことを知らされたらしく、リックに向かって頭を下げた。

「おやめください。事前に阻止できなかった私の落ち度です」

リックはあわててリュシーの頭を上げさせる。

「でも、守って下さったのでしょう？」

「私があなたに対して行ったことは、これくらいでは償いきれません」

「だけど……」

互いに譲らない両者の間に割って入ったのはブリジットだった。

「もう、こんな場所でする話でもないでしょう？　さっさと王宮に帰るわよ！」

「承知しました」

　ポールが恭しく礼をして御者に合図を送ると、王家の薔薇の紋章が入った大きな馬車は王宮へ向かって動き出す。

「おじさん、ママンを守ってくれてありがとうございました」

　それまで黙って成り行きを見守っていたディオンが口を開いた。

（フィルの子ども……）

　フィルにそっくりな容貌を改めて近くで目にしたリックは、幼いころのフィルを思い出さずにはいられなかった。

「これが私の仕事だから、礼には及ばない」

「でもぼくの力じゃ、まだママンを守れないんだ」

　そう言って不満げに唇を尖らせる姿は、幼い頃のフィルに恐ろしいほどよく似ていた。

「大丈夫だよ。君ならすぐにパパを追い越すほど強くなれるさ」

「そうかなぁ？」

　車内ではリックとディオンの会話が続けられていた。

　やがて馬車は王宮に到着する。リックは真っ先に馬車から降りると、王太子とリュシーが馬車を降りるのに手を貸した。わずかに触れたリュシーの指先は冷たく、彼女が緊張していることを知った。ついさっき襲われそうになったのだから無理もない。

リュシーは礼をしたいと、リックを応接用の部屋へ招いた。

「リュシー！　無事なのか！」

外出先での出来事を聞きつけたフィルが、あわてふためきリュシーに駆け寄る。

「大丈夫。パトリックさんが未然に防いでくださったの」

リュシーの全身を確認していたフィルの目が、下がった場所にいたリックの姿を捕らえた。

「リック……」

フィルはなんとも言えない顔でリックの顔を見つめた。その顔によぎる感情は安堵と、怒りがないまぜになっていた。

「リュシーを守ってくれたのか……」

「及ばずながら、事前に情報を得て警戒しておりました。殿下のおそばにいることが叶わぬ身であれば、せめて私にできることを……と思い」

リックはできる限り感情を表さないように、事実だけを述べようと努めた。

「償いのつもりか？」

「いえ、こんなことが償いになるとは思っておりません。私が殿下とリュシエンヌ様、ディオン様に及ぼした罪は償いきれるものではありません」

リックとフィルの視線が真っ向からぶつかる。

リックの瞳に決意を見て取ったフィルは、しばらく目を見つめたあと口を開いた。

「言いたいことはあるか？」

「許されることではないと知っております。それでも私は謝罪をすることしかできません。殿下とそしてリュシエンヌ様に、嘘偽り(いつわ)を述べたこと、大変申し訳なく思っております。どのような罰でも甘受(かんじゅ)いたします」

かつてのリックからは想像できない大人しい様子に、リュシーはすでにリックを許していた。

彼には救われたのだ。これ以上の償いは必要ない。そんな思いを込めてフィルの顔を見上げると、フィルはリュシーの言いたいことを察して苦笑する。

「ならば、これからも私のそばに仕えてくれ。二度とリュシーとディオンを危険にさらさぬために、お前の力を貸してくれ」

「殿下……！」

リックはフィルからの思いもよらぬ言葉に、どう言葉を継げばいいのかわからなかった。

「御意(ぎょい)。私などでよろしければ、この命尽きるまでお仕えさせていただきます」

リックはフィルの前にひざまずいて、臣下の礼を表した。そしてリュシーにも同様の礼を執る。

「リュシエンヌ様にも、殿下と変わらぬ誠意をもってお仕えすることを誓います」

「……それが、あなたの望みならば、許します」

リュシーはブランシュ王国の階級制度を、身をもって実感していた。これからリックが味方になってくれるのであれば、これ以上ない強い味方となってくれるに違いない。多少の苦手意識は残るものの、ときが経てば自然と薄れていくだろう。リュシーはリックの申し出を受け入れた。

「フィル……、ありがとう」

一時だけ幼馴染に戻ったリックは、フィルに感謝の言葉を告げずにはいられなかった。

「ふん。リュシーが許したのに、私が許さないわけにはいかないだろう。せいぜいこき使ってやるさ」

「望むところでございます」

臣下としての仮面を素早く被り直したリックは、すました顔で言い放つ。それでもその言葉からは喜びがにじみ出ていた。

こうして、フィルはもっとも信頼する側近を取り戻したのだった。

フィルから許されたことに、リックの胸には涙が滲むほどの喜びがこみ上げる。こぼれそうになった涙を見られたくなくて、リックはフィルたちから顔をそむけ、そっと涙を拭った。

（以前の私のままだったら、きっとフィルと彼女の気持ちを理解できなかっただろう……。愛に翻弄されて、シュザンヌのように道を誤ることもあるかもしれない。だが、愛ゆえに再び強く結ばれることもある。ふたりがこれ以上はないほど互いを想い合っているのはよくわかる……）

いまのリックはフィルとリュシーの間に流れる、確かな愛を感じ取っていた。

「リック、どうしたんだ？」

茶化すようなフィルの声に、リックはあわてて主のほうに向き直る。

「いえ、なんでもありません」

「泣いているのかと思ったぞ？」

「そんなことあるわけないだろう！」

図星を突かれたリックは声を荒らげた。

「やっとリックらしくなった。しおらしいのはお前らしくない」

「ふん」

そっぽを向いたリックを、フィルはにやにやと見つめた。

そんなふたりの様子をリュシーは微笑ましく見守った。かつてフィルが留学生として
ベルナールに滞在していたときに、リックとじゃれ合っていたフィルの様子を思い出す。

（やっぱりリックは、フィルにとって大切な友人なのね……）

「リュシーもせいぜいこいつをこき使ってやるといい」

フィルからかけられた言葉に、リュシーは考え込む様子を見せる。

「んー、そうね。私よりもディオンのほうがお世話になりそうだけれど……」

悪戯っぽい目つきで、リュシーはリックを見上げた。

「殿下のご子息ですから……。こればかりは仕方がないと諦めますよ」

苦笑して見せるリックに、今度こそ屈託なくリュシーは笑った。

「今度、フィルの子ども時代の話を聞かせてね」

「承知いたしました。未来の妃殿下」

ふたりの間にあったわだかまりがすこしずつ解れていく。

「あまり仲良くしすぎるなよ」

リュシーとリックの間にフィルが割って入る。

「嫉妬は見苦しいですよ。殿下」

「フィル？　リックにでも嫉妬するの？」

リュシーの面白がるような声。

「するさ。リュシーが結婚してくれるのが待ちきれないよ」

「あら……、うふふ」

リュシーは笑みを堪えている。

「フィル……、すっかりメロメロだな」

「ああ、だがそれも悪くないだろう？」

楽しそうな光を浮かべた緑色の目がリックを見つめている。

「そうだな。……悪くない」

リックは琥珀色の瞳に希望の光をたたえ、笑みを浮かべた。

穏やかな空気が辺りを包む。

リックはようやく己の居場所を取り戻したのだ。

書き下ろし番外編

フィリップ殿下の誕生日

あの時の自分は、若かったな……とフィルは思う。

求めれば与えられると信じて疑わなかった。

生まれた環境におごることなく、両親や周囲に言われるままに努力すれば、たいていのものは手に入った。

求める必要などなく差し出された愛を、深く考えもせずに受け取るだけで事足りていた。

相手が差し出してきた愛を受け取り、食べつくしたら、それでおしまい。相手から別れを切り出されることもあったし、自分から切り出したこともあった。

しばらくは落ち込んでも、新たな愛を差し出されれば忘れてしまう。そんな程度の想いしか感じたことはなかった。

けれど彼女に抱いた気持ちは何もかもが違っていた。

フィルは腕の中で眠っている妻を、背中から抱きしめる。壊れ物を扱うように、そっと腕に力をこめる。

深く眠る彼女が起きる気配はなく、フィルは思う存分、彼女の首筋に顔を埋めて、好きな香りを吸い込んだ。

リュシー……、愛しているよ。


彼女と出会ったのは、王族の責務の一環として隣国へ留学した先だった。

最初はちょっと変わった女性だな、くらいにしか感じなかった。

甘い言葉を囁いても、他の女性のように目を潤ませ、熱っぽい視線で見つめてくることもない。

ただじっと心の奥底までも見透かすかのように、静かに見つめてくるだけ。内面は外見に表われるものだと言われて、驚いたことを思い出す。

自分から口説いた女性は初めてだった。

頼み込んで友人になり、ゆっくりと彼女のことを知った。そうして、どうにか口説き落として恋人になったとき、フィルは完全に彼女に溺れていた。

買い物のとき、フィルがうまく値切ったことを自慢すると、仕方がないなぁと柔らかくほころぶ顔。手を繋いで街を歩いているときの幸せそうにはにかむ顔。黙っていても沈黙が心地よくて、手を繋いでいるだけで幸せを感じていた。

なにもかもがそれまでの経験とは違っていて、自分がいままで恋だと思っていたものは本当の恋ではなかったことを知った。

そうして忘れられない恋をして……失った。

美しい小鳥は、与えることを知らない傲慢な男に見切りをつけて、腕の中から去ってしまった。

全ては自分の身から出た錆だったことは後になってわかったのだけれど、そのときは自分のことしか考えられなかった。

どうして彼女がフィルを捨て、ほかの男のもとへ行ったのかがわからなかった。

人は失って初めてその大切さに気づくというが、フィルの場合もまさにそれだった。

自分の一部がもぎ取られるような痛み。

傷口はいつまでもじくじくと血を流し続け、どうすればその欠けた部分を取り戻せるのかわからず、自棄になっていた。

痛みを紛らわせようと新しい女性と付き合ってみても、ふとした瞬間、思い出すのは彼女のことばかり。

彼女でなければ、誰だって一緒だ。

親友であり側近である男にすすめられるままに、婚約もした。それで王族としての義務が果たせるのならば、構わなかった。

未だに血を流していた心を凍りつかせることで、何も感じないふりをして、日々をやり過ごしていた。

そんなときに思いがけず再会した彼女は、以前よりも美しくなっていた。

自分以外の男が彼女を輝かせているのだと思うと、腹の底がちりちりと焼け焦げるように疼いた。

これほどまでに、自分の心を奪い、そうして投げ捨ててしまった彼女が憎い。こうなったら、とことん抱いて、彼女のことなんて忘れてやる。

これまで付き合った女性には反応しなかった部分が、彼女に触れるだけで痛いほどに反応した。

そうしてかなり強引に迫って、彼女を、抱いた。

一度抱いてしまえば、もう手放せる気がしなかった。

たとえ彼女が誰かを愛していたとしても構わない。だったら奪い取ればいい。

フィルは自分の犯した罪を知らず、傲慢にもそんなふうに考えていた。

けれど身体は許しても、心を委(ゆだ)ねてくれない彼女に、フィルの心は完全には満たされない。

この胸の隙間を埋められるのは、彼女しかいないのだと思い知るまで、さほど時間はかからなかった。

自分は思っていたよりも卑怯な男だったらしい。

彼女がどんな気持ちで自分のもとを去ったのか、考えもしなかった。

捨てられてしまった自分が可哀想で、欠けた心を満たすことしか考えていなかった。

無理やり奪って、どれほど貪(むさぼ)っても心は満たされない。

そうして奪うことしか知らなかった愚(おろ)かな男は、自分のしたことの、あるいはしなかったことの報(むく)いを受ける時が来た。

彼女との間に宿った愛の結晶。

あのまま別れることなく順調に交際を続けていれば、一番かわいい盛りの時期を共に見守ることができていたのかもしれない。

息子と過ごせたはずの時間を理不尽に奪われた——あのときフィルは、愚かにもまだ自分のことばかり考えていた。

けれど親友がしたことを知って、絶望に突き落とされる。

信じていた人間に裏切られたと、嘆くことは簡単だった。

けれど、親友にそうさせてしまった原因は自分にもあると気づいたとき、フィルは更なる絶望に突き落とされた。

どうやって彼女に償(つぐな)えばいい？

寂しい思いをさせてしまった息子に、どうすれば信頼してもらえるのか。

自分の罪の重さを知れば知るほど、許してもらえる気がしなかった。

彼女の前から姿を消すことが、一番いいのかもしれない。

しかし、二度と彼女に会わない……会えないと考えた瞬間、どうしてもそれだけはできないと悟った。

最初に彼女を失ったとき、もう二度と立ち直れないかもしれないと感じたことを思い出す。

自分が手を離せば、誰かに奪われるかもしれない。ならばいっそ自分の手ですべてを奪い尽くしたい。

愛されないのならば、憎まれたってかまわない。彼女が与えてくれる感情ならば、なんでもよかったのだ。

その一方で彼女がフィルの愛を必要としないのなら、仕方がないとも思った。

恥も外聞もなく彼女に縋り付いたフィルを、彼女は許してくれた。

子供を産んで、強く、そして、美しくなった彼女に、フィルはもう一度恋をした。

ずっと心の奥底で泣き叫んでいたみっともない子供を、深い愛で包み、満たしてくれた。そんなリュシーを愛さずにはいられない。

――ふと、リュシーが腕の中で身じろぎをして、身体の向きを変えた。

あらわになった目元に、唇を寄せてキスをする。

愛おしさが溢れて、止まらない。

結婚してから四年の年月が過ぎたというのに、彼女を愛おしいと思う気持ちは膨れ上がるばかりだ。

「大好きだよ」

深く眠っていて彼女には聞こえないと知りつつも、言わずにはいられなかった。

仕事や環境をすべて捨て、この国へ来てくれたリュシー。彼女にこれまで何かを返すことができただろうか？

考えれば考えるほど、彼女から与えられてばかりいることに気づく。

彼女がフィルに与えてくれたのは、ディオンだけではなかった。今年で三歳になるヴイヴィアーヌまで授けてくれた。

愛しい娘はリュシーにそっくりだ。成長するにつれて、ちょっとずつ生意気になってきたけれど、兄であるディオンの言うことだけは素直に聞くところが、父親としてはちょっと悲しい。

ふと気づけば、カーテンの隙間から陽の光が差し込み、朝の訪れを告げていた。

愛するリュシーを腕に抱いて目覚めることのできる喜びを噛みしめる。

「リュシー、……ありがとう」

そう呟(つぶや)いて、彼女の唇に自分のそれを重ねる。

フィルだけでなく親友をも許してくれたこと、再び人生を共にする権利をくれたこと、愛しい存在を生み出してくれたこと、様々なことに感謝を込めて彼女の唇に触れる。

「ん……」

薄い金色のまつ毛がふるりと震えた。

そろそろ彼女が目を覚ましそうだ。

ゆっくりとまぶたが開いて、フィルの好きな水色の瞳が現れる。優しくて、吸い込まれてしまいそうな、空の色。

「おはよう、リュシー」

彼女の瞳が大きく開かれ、腕の中の身体がびくりと強張(こわば)った。

目覚めていきなり目の前に人の顔があれば、それは驚くだろう。

びっくりしている彼女の表情も愛しくて、もう一度口づける。

やがて彼女の身体から力が抜け、フィルのキスを受け入れてくれたことがわかる。心からの喜びがこみ上げてきた。

「フィル……、びっくりさせないで」

「挨拶(あいさつ)はしてくれないのかい？」

彼女は抗議をしてくるけれど、その声には隠しきれない甘さが含まれている。

「……おはよう」

柔らかな彼女の声がフィルの耳をくすぐった。

本当に幸せで、このまま時が止まればいいのにと願ってしまう。

彼女の頬の曲線を指でたどり、顎先(あごさき)を捕らえて、口づけを深める。

「フィル……、だめ」

リュシーは抵抗とも呼べないような、ささやかな抗(あらが)いを見せる。

(どうして君はそんな意地悪を言うの？　私が軽い口づけだけで満足できないことなんて、とっくに知っているだろう？)

「どうして、だめ？」

「そろそろ、ヴィーが起きてくるわ」

「大丈夫だよ。ヴィヴィが起きてくるのはもっと先だ」

まだ早朝といってもいい時間で、愛娘が両親を起こしに突撃してくるには猶予がある。

フィルは彼女の口を強引にふさいだ。

「ん……ふ」

案の定、リュシーの身体は柔らかくとろけて、キスを受け入れ始めている。

彼女の頬はたちまち上気し、吐息には艶が混じりだす。

結婚してそれなりに時間が経っているのに、リュシーはいつまでも少女のような初々しさを失わない。

今日もいろいろと予定が詰まっているのに、朝から疲れさせてしまうような行為をする自分を許してほしい——自分勝手なことを思いつつ、彼女の身体に手を這わせる。

寝起きで少し体温の高いリュシーの身体は、昨夜の情熱をあっさりと取り戻して、熱く燃え上がっていく。

「フィ……ル」

彼女の赤く色づいた唇を指の先でなぞりながら、ガウンを押し開いて胸に顔を埋める。

形のよい胸の膨らみの下で、彼女の心臓が早鐘を打っていた。

興奮しているのは自分だけではないと確認して、安心する。

「リュシー、素敵だ」

彼女の胸は期待に形を変え始めている。

フィルは彼女と一つになるために、あらゆる手管を弄して誘惑する。

じれったいほどにゆっくりと、そっと彼女の肌をなぞる。

自分の欲望を抑えることには苦労するが、その方が一つになれたとき熱く燃え上がるのだ。

いまは、ただひたすら、彼女に気持ちよくなってほしい。

「っは……、あ……、っふ、ん、あぁ……」

彼女の唇からこぼれる悩ましい吐息に、理性の箍が外れそうだ。

自分でも驚くほど、リュシーには心を揺さぶられてしまう。

慈しみたい、守りたい、支配したい、優しくしたい、いじめたい、愛したい、愛されたい。

燃え上がった欲望のままに、自身を彼女にねじ込んで揺さぶりたい衝動と、どこまでも甘やかして、腕の中でとろけさせたいという欲望が、心の中で拮抗する。

(今は、優しくしたい気分だな)

フィルはゆるゆると彼女のまろい曲線をたどった。

柔らかな肌はずっと触れていても、まったく飽きることがない。

(愛している)

ほかに言いようのない愛しさが、少しでも伝わればいいと願いつつ彼女に触れる。

腰のくびれをたどって、股の間に指を這わせると、彼女はふるりと身体を震わせる。

フィルを誘惑する花の芯を捕らえてみれば、しっとりと潤っており、喜びと興奮が駆け抜ける。

「溢れてるね」

意地悪く耳元で囁くと、それだけで更に赤くなるリュシーが愛おしい。

彼女の瞳は快楽に潤み、涙が膜をはっている。

フィルは、彼女の中心につぷりと指を埋め込んでいった。

「……うん」

一瞬息を詰まらせたリュシーだが、瞳はとろけたままだ。痛みを感じさせてしまったのではないことに、ほっとする。

「時間がないから、ごめんね」

本当はゆっくりと満足のゆくまで彼女との触れ合いを楽しみたい。

けれど、今はそれほどの猶予はない。

子どもたちが待ちきれなくなって、この部屋に押し掛けてくる前に、身づくろいまで済ませたい。

「埋め合わせは、夜まで待って」

そう告げて、かぷりと彼女の耳殻を食むと、彼女の中に埋めた指がきゅっと締め付けられた。

「期待していていいよ」

「そんなつもりじゃ……っ」

指を増やして内部をほぐし、彼女のささやかな抵抗を強引に封じ、ついでに唇も塞いだ。

感情を如実に語る彼女の水色の瞳は、色を濃くして、興奮とわずかな怒りに煌めいている。

「私も待ちきれないよ」

「フィルの、……意地悪っ」

彼女に覆いかぶさって、蜜を溢れさせている場所に興奮しきった剛直をすりつける。

「でも、今は私にあなたを愛させて」

「ん……」

恥じらいつつも、リュシーはしっかりと頷いてくれる。

思わずにやりと口角が上がってしまう。きっとひどく厭らしい顔をしているに違いない。

興奮に乾いた唇を湿らせると、彼女の中を愛していた指を引き抜き、代わりに剛直をあてがって、ゆっくりと沈めていく。

昨夜もフィルを受け入れてくれていた部分は、まだとろりとほぐれていて、さほど抵抗なく包み込んでくれた。

全身が心臓になってしまったように、身体が脈打ち、興奮する。

「リュシー……、すごく、熱い」

「あなたも……」

どちらからともなく微笑み合って、そっと唇を重ねる。

「動いても、いい？」

「ん、……いいよ」

彼女の許しを得て、フィルはゆっくりと律動を開始させた。

興奮に息を弾ませながら、彼女とぴったりとくっついていることを強く実感する。

情欲が愛しさを凌駕し始めて、抽送の速度も上がっていく。

「リュシー……」

「つあ、……あ、っひ、う、ふぃ、るぅ……」

彼女の上ずった吐息交じりの声に、フィルの理性は完全に失われる。

欲望の虜となって、ひたすらに彼女を貪った。

激しい腰の動きに彼女の身体が大きくわななないて、内部を強く締めつけ始める。

「つや、あ、いっちゃう、だめ、も、あ、あー……ッ」

こらえきれなかったリュシーの声が、フィルの鼓膜を震わせる。

「いいよ、イって」

その言葉が引き金となったかのように、彼女は快楽へ一気に昇りつめた。

少し遅れて、フィルも張り詰めた欲望を解放し、最奥に白濁を注ぎ込む。

「……くっ」

低く呻いて、最後まで注ぎ終えると、フィルは力の抜けた身体をなんとか彼女の隣に
横たえた。

荒い呼吸を整えながら彼女の額に手を伸ばし、汗で張り付いた髪をどける。

「好きだよ」

「私も……」

快楽の余韻に潤んだ目を細めて、彼女が笑った。

愛しさがこみ上げてきて、フィルは思わず彼女を強く抱きしめた。

「ママン！」

朝早くからの運動ですこし汗ばんだ身体をシャワーでさっぱりとさせて、ふたりが着替えを終えた頃――予期していたとおり、元気な声と共にバタンと大きな音がして、寝室の扉が大きく開かれた。

小さな娘のうしろには、追いかけてきた兄ディオンの慌てた姿が見える。

「ヴィー、先触れもなしに動いてはだめだと教えたでしょう？」

リュシーが、抱き着いてこようとしたヴィヴィアーヌを押しとどめた。

「だって、ママンがなかなか起きてこないから！」

娘は母によく似た顔で、口をとがらせている。

「ごめんよ、ヴィヴィ。でも、ルールはルールだ。守らなきゃだめだ」

「パパ、嫌い」

「ヴィヴィアーヌ！」

リュシーの冷たい声に、ヴィヴィアーヌの身体がビクリと震える。

「……ごめんなさい」

「私は君が大好きだよ」

フィルは仲直りの印に娘の前にひざまずいて、抱きしめた。

「パパ、やっぱり好き」

(今の君にはうるさいだけのルールかもしれない。けれどこれは王族として自分を守るために学ばなければならないことなんだ)

常に自分をコントロールしなければ、非難される。常に他人からの厳しい視線にさらされている。できて当たり前、できなければ失望の視線を向けられる。

だから三歳の子どもにはとても厳しいことだとわかっていても、フィルは彼女にそれを求める。

「だから言ったのに」

今年九歳になった息子は、ちょっと面白くなさそうな様子で、非常にわかりやすく拗ねている。

この国に来たばかりの頃のディオンは、年の割にとても落ち着いていて、聞き分けのいい子どもだった。

あまりにもいい子過ぎて心配だったが、次第に慣れてきたようで、今ではこうして年相応のやんちゃな面も見せてくれる。

「いつもありがとう、お兄ちゃん」

フィルは、柔らかなダークブラウンの髪をくしゃりと撫でた。少しくすぐったそうにはにかんで、ディオンはこちらを見上げてくる。

文句を言いつつも、ディオンは妹をかわいがっているし、面倒見もいい。

幼い頃から王族としての教育を受けたわけではないのに、自分を律することができていて、非常に優秀だ。

ちょっと優秀すぎて心配なくらいである。

ブランシュ王家では家庭教師について学ぶことが通例となっているが、ディオンが望むのならば、中等教育からはボーディングスクールと呼ばれる寮制の学校に通わせてもいいと考えている。

「さて、行こうか？」

みんなを促(うなが)して朝食の席に誘う。

今日も公務が山ほど組まれている。

しっかりと朝ごはんを食べて、この一日を乗り切るのだ。

リュシーの母国ベルナールでは、夕食が豪華でがっつりと食べるので、朝は軽く済ませることが多いが、ここブランシュでは逆だ。

夕食は軽く食べて、朝食はしっかりと食べる。

この国に来たばかりの頃はリュシーもディオンも戸惑っていたけれど、今ではすっかりブランシュ風に慣れている。

たっぷりとバターを塗ったパンにサラダ、卵料理に、ベーコンやウインナーなどの肉をオレンジジュースで流し込む。

今日も隙間なく公務の予定が詰まっているはずだ。

「パパ、行ってらっしゃい」

「フィル、行ってらっしゃい」

妻と子供たちに見送られて、フィルは仕事に向かった。

フィルの主な仕事は、王である母の補佐である。いずれ王位を継ぐ姉ほどではないが、王家の一員として、外国からの賓客をもてなす役割を負うことが多い。また様々な団体の長を務めていて、王家の財産管理も行っているのでそれなりに忙しい。

「おはよう、パトリック」

「おはようございます。フィリップ殿下」

執務室の扉を開けたフィルは、側近であるパトリックに出迎えられた。

「今日の予定は？」

パトリックは予定表を確認し、よどみない口調で答える。

「午前中は面会が二件、昼食を兼ねた会合をはさんで、午後からの視察が一件です。少々移動に時間がかかりますので、戻りは遅くなるかと」

「そうか……」

フィルは失望のため息を漏らした。

己に課せられた公務を果たすことは当たり前で、なんの疑念も湧かないが、家族と過ごす時間が少なくなってしまうことはとても残念だ。

「それから、お誕生日おめでとうございます。フィル」

そう言ってパトリックが綺麗にラッピングされた瓶を差し出した。

あぁ！

今日が自分の誕生日であることを完全に忘れていた。

どうにか動揺を堪えて、パトリックが差し出した瓶を受け取った。

「ありがとう、パトリック」

「あなたが好きだと言っていたワインです。それからこっちは、職員からです」

綺麗にデコレーションされたケーキがパトリックの手によって机の上に置かれる。

気づけば護衛や、秘書たちが集まっていた。

「おめでとうございます。殿下」

「みんな、ありがとう」

みんなからの厚意が嬉しくて、自然と口元がほころぶ。

「さあ、ロウソクの火を消してください」

「ああ」

大きなロウソクが三本立っている。

身を屈めてろうそくの火を吹き消した。

そのときふと今朝の情景を思い出し、家族から何も言われなかったことに思い至った。

(おかしいな?)

リュシーは結婚してから、毎年フィルの誕生日を欠かさずに祝ってくれていた。

最初の年はディオンの写真を収めたアルバムをもらったし、ネクタイなど身につける品や、万年筆を贈ってくれたこともある。

数日前までは今年の誕生日は何をしてくれるのだろうかと、楽しみにしていたのだが、ここ数日の忙しさですっかり忘れてしまっていた。

リュシーも、公務と子育てで忙しくしているので、忘れたとしても仕方がない——フィルは自分にそう言い聞かせる。

「残りはみんなで分けてくれ」

みんなが用意してくれたケーキを一口だけ食べて、フィルは公務に意識を集中させることにした。


一日の公務を終え、ぐったりとして執務室をあとにした。

「ゆっくりとお休みください。殿下」

パトリックから別れ際にそう言われてしまった。よほど疲れた顔をしているのだろうか。

夜もだいぶ遅いので、子どもたちはもう眠ってしまっているだろう。

すこしだけ彼らの寝顔を見ておこうと、フィルは子供部屋に足を向けた。

まずはディオンの部屋に踏み入れる。

落ち着いた雰囲気の内装で、あまり子ども向きではない。男の子らしいものと言えば、部屋の隅に置かれたフットボールくらいだ。

天蓋(てんがい)がついた大きなベッドの中央に、ディオンが小さく丸まって眠っていた。

枕の横にはいつも眠るときに抱きかかえているクマのぬいぐるみが放り出されている。

ディオンを起こしてしまわぬよう、そっと頭を撫でると、クマのぬいぐるみをその隣に押し込んだ。

「いい夢を……」

耳元で囁いて、上掛けをかけなおす。

部屋を出ようと扉に向かって歩き出したとき、ふと違和感を覚えた。しかしその正体はわからない。フィルは首をかしげつつ部屋を出た。

次はヴィヴィアーヌの部屋だ。

足音を殺して、静かに扉を開く。

白を基調とした、やや少女趣味な内装——これは姉のブリジットが喜々として調えたものだ。女の子らしいのでよしとする。

誰かがカーテンを閉め忘れたのだろうか、淡い金色の髪がベッドの中で月の光を受けて輝いている。

フィルは窓に近づいて、しっかりとカーテンを閉めた。

ヴィヴィアーヌはディオンと同じく天蓋のついたベッドの真ん中で、兄と同じように小さく丸くなっている。

兄妹だと眠り方までそっくりになってしまうのかと、思わず笑みがこぼれた。

兄とは違って、ヴィヴィアーヌはぬいぐるみがなくても眠れるらしい。

ゆっくりとベッドに近づくと、足元に大きなトランクが置かれていることに気づいた。

そういえば、ディオンの部屋にもトランクが置かれていた気がする。

フィルは首を傾げた。

王族の一員とはいえ、幼い子どもたちに公務と呼べるような役割は与えられていない。

トランクが必要になるような予定はあっただろうか？

「おやすみ、ヴィヴィ」

上掛けのずれを直して娘の部屋をあとにすると、寝室へ足を向けた。

クローゼットでスーツを脱いで、楽な格好に着替える。

ここにも大きな旅行用のトランクが置かれている。少し動かしてみると、中身が詰まっているようで、重い。

おかしい。

この先数日の予定を思い起こしてみても、こんなに大きなトランクが必要なほどの予定はなかったはずだ。

フィルは少し早い足取りで居間に向かった。

今朝の約束があるので、リュシーはまだ眠っていないはず。

予想どおり、リュシーはガウン姿でソファに横たわり、くつろいでいた。

「おかえりなさい」

リュシーはすぐにフィルの姿に気づき、破顔してソファから立ち上がる。

フィルは彼女の腰に手を回して、ただいまのキスを交わした。

「私に何か秘密にしていることはない？」

「秘密なんて……、と言いたいところだけれど、あるわ」

リュシーが色香を含んだ笑みを浮かべる。人差し指を立てて唇に当てる仕草が、可愛らしくも色っぽい。

「誕生日おめでとう、フィル」

「ありがとう」

やはりリュシーは誕生日を忘れたわけではなかったのだと、安堵がこみ上げる。けれど、そんなことよりも気になっているのは、みなの部屋に用意されていたトランクのことだ。

「今年のプレゼントはね……」

リュシーは吐息交じりに笑った。

「明日から二週間のバカンスよ」

「ええ!?」

リュシーの言葉にはとても驚かされた。けれどそれ以上に感じたのは喜びだった。

「もしかして、パトリックもグルかい？」

「ええ、もちろん！　彼が協力してくれなくちゃ、フィルの仕事を調整できないでしょう？」

「確かに、そうだね」

パトリックの優秀さはフィルが一番よく知っている。

「行き先は？」

「ジェラルド大公に紹介していただいたの！　島を一つ貸し切りにしてくださるって」

フィルはひと回りほど年上のセルベラ公国の大公ジェラルドを思い起こした。

数年前、大公の死去に伴ってその跡を継いだジェラルドとは、王族として交流があるし、友人と呼んでも差し支えはない部類に入る。が、非常に油断のならない人物でもある。

「あの方が紹介してくれるのなら、確かだろうが……」

護衛や従者に囲まれて過ごすことには慣れているが、たまには他人の気配がない場所で、公務を忘れて過ごしたい。いい気分転換にもなるだろう。

しかも島となれば出入りも制限できるので、護衛も最小限で済むはずだ。

リュシーがフィルのために休暇の予定を立ててくれたのは、とても嬉しい。けれど、外交官の秘書官として働いていたリュシーが、いまだにジェラルド大公と交流を持っているのは、少々気に食わない。

リュシーを口説いていたという、噂話も耳にしている。

「どう、気に入らなかった？　本当は一か月ぐらいお休みをプレゼントしたかったのだけれど、パトリックがそれは無理だって言うから……」

無意識のうちに嫉妬の念が顔に表われていたのだろう。リュシーの表情が不安そうなものに変化したことに気づき、慌てて表情を取りつくろった。

「嬉しいよ、リュシー」

ここのところの忙しさに、まとまった休みを取ることは諦めかけていたのだが、バカンスのために仕事を先行して消化していたのだと言われれば、得心がいく。

「よかった……」

上目遣いのリュシーに見つめられると、些細な嫉妬など吹き飛んでしまう。

フィルはリュシーを抱き寄せ、耳元で囁く。

「ねえ、朝の約束を覚えているかい？」

「フィル……、明日は移動しなくちゃいけないって、わかってる？」

「ああ、もちろんさ」

（リュシーが動けなくても、子どもたちの面倒はちゃんと私が見るから問題ないよ）

きっとリュシーは手加減してくれると勘違いしているだろうけど、あえてそのままにしておく。

「ねえ、今日の君はちょっと意地悪だったよね？」

「そうかもしれないわ。でも、ドキドキしたでしょう？」

悪戯（いたずら）が成功した子どものように、リュシーは無邪気に笑っている。

「確かにね」

フィルはリュシーの膝のうしろに手を回して、すくうように彼女を抱き上げた。すかさず彼女の手がフィルの首のうしろに回される。

彼女の目がぎょっとしたように大きく開かれた。

（私を焦らしてくれた分のお返しはきちんとしないとね）

「覚悟していたよね？」

ちょっとだけ口元を引きつらせているリュシーを、喜々としてベッドへ運んだ。

そのあと、どうなったか――

（リュシーと愛し合っていることを確認したよ。もちろん、朝方までね）

NBノーチェ文庫

策士な王子の極あま独占愛!?

ショコラの罠と蜜の誘惑

さくらだて
桜舘ゆう　イラスト：ロジ

価格：本体 640 円+税

幼なじみの王太子レオハルトに想いを寄せる、子爵令嬢のユリアナ。ある日彼女は、王宮で開かれたお茶会で蜜薬入りのショコラを口にしてしまう。そこに現れたレオハルトが、ユリアナの淫らな疼きを慰めようとしてくれて——策士な王太子が心も身体も惑わせる!?　濃厚ハニーラブファンタジー！

詳しくは公式サイトにてご確認ください
http://www.noche-books.com/

携帯サイトはこちらから！

Noche
ノーチェ

甘く淫らな恋物語

ノーチェブックス

**夜の任務は
ベッドの上で!?**

乙女な騎士の萌えある受難

悠月彩香（ゆづきあやか）
イラスト：ひむか透留

価格：本体 1200 円+税

とある事情から、男として女人禁制の騎士団に入ったルディアス。乙女な心を隠しつつ、真面目に任務をこなしていたある日のこと。突然、敬愛する陛下に押し倒された！　しかも、ルディアスが女だと気づいていたらしく、陛下は、黙っている代わりに夜のお相手をしろと言い出して——?

詳しくは公式サイトにてご確認ください

http://www.noche-books.com/

携帯サイトはこちらから！

本書は、2014年8月当社より単行本として刊行されたものに書き下ろしを加えて文庫化したものです。

ノーチェ文庫

仕組まれた再会

文月蓮

2017年3月6日初版発行

文庫編集－宮田可南子
編集長－塙綾子
発行者－梶本雄介
発行所－株式会社アルファポリス
〒150-6005 東京都渋谷区恵比寿4-20-3 恵比寿ｶﾞｰﾃﾞﾝﾌﾟﾚｲｽﾀﾜｰ5階
TEL 03-6277-1601（営業） 03-6277-1602（編集）
URL http://www.alphapolis.co.jp/
発売元－株式会社星雲社
〒112-0005 東京都文京区水道1-3-30
TEL 03-3868-3275
装丁・本文イラスト－コトハ
装丁デザイン－ansyyqdesign
印刷－株式会社暁印刷

価格はカバーに表示されてあります。
落丁乱丁の場合はアルファポリスまでご連絡ください。
送料は小社負担でお取り替えします。

ISBN978-4-434-22893-3 C0193